Michael Westerholz · Nass machen

Weiß der Himmel, was einen Menschen mit Frau, vier Kindern, nicht abbezahltem Haus, aber einem auf Lebenszeit sicheren Arbeitsplatz treibt, nach exakt 25 Jahren, zwei Monaten und 17 Tagen fristlos aus dem vertrauten Verlag auszuscheiden und wenige Tage darauf in der damals noch existierenden DDR neu zu beginnen, überdies noch im bis dahin nur kritisch beobachteten Boulevard-Metier.

War's der Trott? War's die Unerträglichkeit täglichen Streits mit einem Verlagschef, der bei Kilometerabrechnungen auf Formularen bestand, die die Beauftragung zu der Reise selbst dann nachweisen sollten, wenn's mitten in der Nacht zu schweren Unfällen oder zu neuen Ereignissen an der deutsch-deutschen Grenze ging?

Sicher ist aber: es begann eine unglaublich kreative Zeit, da die Geschichten so zu sagen in der Luft lagen. Wohin ich auch horchte, wurde erzählt; der Journalismus, in den Jahrzehnten seit dem Einstieg, langsam zum Job heruntergewirtschaftet, wurde wieder zum Beruf. Dieses Aufblühen teilte sich der Familie mit und den Freunden, das Leben wurde wieder zum Abenteuer. Die kleine Auswahl soll davon Zeugnis geben.

MICHAEL WESTERHOLZ

NASS MACHEN

2003
© Michael Westerholz
Satz und Layout: Buch & medi@ GmbH, München
Umschlaggestaltung: Kay Fretwurst, Spreeau unter
Verwendung einer Fotografie von Thomas Lohnes
Herstellung: Books on Demand GmbH, Norderstedt
Printed in Germany
ISBN 3-8330-0210-7

TAGE, DIE MAN NICHT VERGISST

Jeder Mensch hat sie in seinem Gedächtnis: Tage, die man nicht vergisst. Mir fallen spontan ein – das Kriegsende 1945, als die letzten deutschen Soldaten in heillosem Chaos durchs Wuppertal flüchteten, verfolgt von britischen Panzern; ich sehe ein irgendwo ausgekommenes, verwundetes Pferd und die alten Männer und ausgehungerte Frauen aus der Nachbarschaft, die es in einen Hof treiben und dort mit Äxten und schweren Hämmern über das zitternde, auskeilende, wiehernde Tier herfallen, aus dessen schäumend schwitzenden Leib schon Stücke gerissen und geschnitten werden, noch ehe es tot am Boden liegt und um dessen blutigen und immer noch zuckenden Kopf mit den angstvoll weit aufgerissenen Augen die Frauen und Männer heftig raufen; – Großmutters Tod 1951.

Wochen zuvor waren ihr beide Beine amputiert worden, schwarz vom nicht mehr aufzuhaltenden Zucker. Die alte Frau, die stets fror und deshalb dick eingemummt selbst in der heißesten Sonne saß, die hohe schwarze Spitzhaube der Eifler Bäuerinnen auf dem Kopf, war längst in ihren Erinnerungen versunken. Ihre letzte Frage hatte ihrem zweiten Mann und dem jüngsten Sohn gegolten: Wo bleiben sie? Sie begriff nicht mehr, dass beide Opfer der hitlerschen Euthanasie geworden waren, ihr Mann laut Amtsbescheinigung einer Blinddarmentzündung erlegen – er hatte seit zwanzig Jahre eine Blinddarmnarbe gehabt; der Sohn einem Herzleiden: Er hatte als Sechzehnjähriger einen Radlunfall erlitten und seither gelähmt in einem Gipsbett gelegen; mit 18 wurde er gestorben; – den Besuch meiner Eltern bei mir daheim im Bayerischen Wald. »Macht's gut«, verabschiedete sich meine Mutter und: »Schad', ich hätt' so gerne ein Enkelkind auf meinen Armen getragen« – zwei Monate danach war sie tot und hatte nicht mehr erfahren, dass das Enkelkind unterwegs gewesen war.

Tage, die ich nie vergesse, gibt es viele seit jenem Mai 1989, in dem ich nach 25 Jahren die Stelle wechselte und mitten in den Umbruch hineinsprang, der das Leben von 80 Millionen Deutschen in Ost und Welt veränderte. Mit dem Unterschied, dass die im Westen die Veränderungen nur nach den Kosten bewerteten und die im Osten die Zeche bezahlten. Denn auf ihrer Latte standen der Zusammenbruch aller bisherigen Werte und Normen, der Verlust von Arbeitsplätzen und sozialen Sicherheiten, und sie fanden sich in einem Umfeld wieder, in das hineinzuwachsen wir vierzig Jahre Zeit gehabt hatten.

Im Gedächtnis bleiben mir Menschen, über die, wenn überhaupt, nur am Rande berichtet wurde, und bleiben Daten und Ereignisse: 1. Juli 1989, 10 Uhr, ein hartnäckiger Anrufer; schon auf der Straße, kehre ich um: Es ist Michael, ein Freund aus Mecklenburg-Vorpommern, Journalist. »Hier geht was ab«, sagt er aufgeregt, »reizt Dich solche Recherche nicht?!« Michael, Arbeitersohn, Oberschule, hat das Angebot des Staatsrechtsstudiums in Babelsberg abgelehnt, sich durchaus bewußt: Diese Stasi-Kaderschmiede ist das Sprungbrett in DDR-Spitzenämter. Dabei war er aktiv in der SED, total überzeugt von seinem Staat und dessen Ursprungsintention. »Aber ich erkannte die Schwächen und wollte nicht mitschuldig werden.«

Ich reiste nicht nach Schwerin. Budapest, Prag, Warschau, auch die Ständige Vertretung der Bundesrepublik in Ostberlin waren scheinbar wichtigere Brennpunkte. Im Inland spielten sich historische Auseinandersetzungen ab: Das Grundgesetz setzte die Wiedervereinigungsnorm, aber die SPD verlangte eben jetzt den Verzicht darauf. Am 24. Juli 1989 schloss sich der grüne »Turnschuhminister« Joschka Fischer dieser Forderung an. Von der »Verfestigung des DDR-Staates« war die Rede und von der »endgültigen Unüberwindbarkeit der Machtblöcke-Situation West/Ost« – nein, die Reise nach Schwerin konnte ich mir ebenso ersparen wie solche nach Ungarn, Polen oder in die CSSR.

27. Juli 1989. Ich bin doch gereist, habe in Budapest Adressen jener DDR-Bürger gesammelt, die nicht mehr weichen wollen. Professor Wolfgang Vogel trifft sich mit Erich Honecker und sucht danach Kontakte zur Bundesregierung, irgendwie muss ja eine Lösung her. Ich reise in die DDR: Denn überall in Ungarn sind Menschen auf dem Wege in die (west-)deutsche Botschaft unterwegs, fest entschlossen, ihre Ausreise zu erzwingen. Und diese Fluchtbewegung, denke ich, muss sich in der DDR niederschlagen: In Wohnquartieren, Fabriken, Schulen, Krankenhäusern, der

Gastronomie und den öffentlichen Verkehrseinrichtungen. Den Ausschlag zu der DDR-Reise hatten der Rostocker Elektriker Kurt W. (27) und seine Frau Jutta gegeben, die mit Baby Sabine von Sopron aus nach Budapest gefahren waren. Fluchtgrund: »Wir wollten uns selbständig machen – keine Chance!« Die Familie schien ungefährdet: Die Ungarn stempelten auch jenen, die beim Grenzdurchbruch ertappt wurden, keine Ausweisung mehr in den Pass. Also konnten die DDR-Behörden keine versuchte, strafbare Republikflucht mehr nachweisen. Kurt W. und seine Familie waren beim Fluchtversuch nahe Sopron gestellt worden. Weil die Botschaft schon hoffnungslos überfüllt war, entschieden sie sich zur Heimreise. »Es kann uns ja nichts passieren«, glaubte er – ein Irrtum: Längst hatte die DDR ihren Spitzelapparat in Ungarn erheblich ausgeweitet und ungarische Zuträger angeworben, und sie hatte so von dem Fluchtversuch der W. erfahren. Sie bestiegen den Zug nach Rostock, ich reiste im eigenen PKW. Doch die Verabredung in Rostock konnten W. nicht einhalten: Auf dem Bahnhof wurde ich Zeuge ihrer Festnahme; das schreiende Mädchen wurde der Oma übergeben, bald darauf zur Adoption abgeholt, die Eltern verurteilt und erst im November freigelassen; sie brauchten fast ein Jahr, ihre Tochter ausfindig zu machen.

Ich traf W. am 2. Januar 1992 in Schwerin, als sie den Antrag auf Einsicht in ihre Stasiakte abgaben. Seit November 1989 in der Bundesrepublik, hatten sie sich ein Elektrogeschäft aufgebaut und Kurt W. ein Fernstudium »Computertechnik« aufgenommen. Jutta W. wartete auf seinen Abschluss, danach begann sie ein Kunststudium. Ihre Tochter erholte sich vom damaligen Schock des Verlustes der Eltern und Großmutter nur langsam, freut sich aber aufs Gymnasium: »Ich werde Auslandskorrespondentin!«

Ihre Stasiakte haben sie gelesen und alle »Freunde« angesprochen, die darin als Spitzel genannt werden. »Rache liegt uns fern, wir wollten nur wissen, WARUM?« Mit Rostock sind sie fertig, die Oma haben sie zu sich in die große Nürnberger Eigentumswohnung geholt.

Der Oberbürgermeister namens Schill

In der DDR als Journalist zu arbeiten, aber nicht akkreditiert zu sein? O je, geringe Chancen, warnen Kollegen im Frühsommer 1989. Die meisten Grenzer sind barscher als sonst schon, vor allem Offiziere unter ihnen wirken aber auch verunsichert. Vom Transit abzubiegen gelingt immer häufiger. Dresden zu sehen, konkret die neuen Plattensiedlungen Gorbitz, Reick, reizt schon weshalb, weil erstaunlich viele Flüchtlinge in den Botschaften dortige Adressen angeben und weil unter solchen Umständen doch Reaktionen von Nachbarn oder Verwandten zu hören sein müßten.

Doch es ist überall gleich: Dresden, Leipzig, Schwerin, Zittau, Halle, Bitterfeld, verängstigt reagieren die meisten Menschen, viele allerdings auch aggressiv, wenn ich frage: Wo sind eure Kinder, die Enkel, die Kollegen von der Werkbank, aus den VoPo-Revieren oder vom Rat der Gemeinde? Was ich in Dresden begreife, bestätigt sich in anderen DDR-Städten: Die meisten Flüchtlinge sind keine klassischen Gegner des Regimes – die und jene, die ganz sicher sind, das System verbessern zu können, harren aus. Die Flüchtlinge haben die trostlosen Siedlungen, die zerfallenden Altstädte, ihre kaputten Firmen satt, die immer leeren Läden, die stinkende Umwelt nicht mehr ertragen, nicht die fortwährenden Versprechungen der Bonzen, die Lügen der Journalisten, die totale Hoffnungslosigkeit und den neuerdings ausgebrochenen Streit mit den Sowjets, die doch immer Vorbild waren und jetzt auf einmal scharf angegriffen werden.

Die Massenflucht ist eine Massenhysterie, und schon im September sind die Folgen in der DDR unübersehbar: Noch größere Mängel in der Versorgung, kaum Personal in Behörden, Läden, Krankenhäusern und an Schulen und Unis sowie bei den Verkehrsbetrieben. Selbst Kinder leiden darunter, dass die Mitarbeiter der vielen kleinen Parkeisenbahnen und der Minimuseen, der FDGB-Betriebsheime und Besucherbergwerke »davongemacht« haben. Jede Krankenschwester, jeder Arzt, die Gymnasten und die Physiotherapeuten, die, kaum weg, sich bereits telefonisch melden und von fantastischen Verdienstmöglichkeiten schwärmen, ziehen ganze Gruppen hinter sich her; schon im August werden die ersten Krankenabteilungen sogar in Unikliniken wie jener in Frankfurt/Oder geschlossen, müssen an der Forsthochschule in Tharant Leistungskurse abgesagt werden. Treffen mit Dresdens Ex-Oberbürgermeister Gerhard Schill, einem gebürtigen Chemnitzer, der am 13. Februar 1945 Dresdens Vernichtung überlebt und danach wochenlang auf dem Altmarkt Leichen verbrannt hat. Schill, der Altkommunist mit blütenreinem Partei-, KZ-, Kleinbürger- und Arbeiterstammbaum über viele Generationen, ein Parteikarrierist, machte sich nichts vor über seine wirkliche Macht. Er als Oberbürgermeister war noch dem kleinsten Stadtteil-Parteisekretär Rechenschaft schuldig, was ja ein beispielhaftes Stück gelebter Demokratie hätte sein können, wären da nicht die oft divergierenden persönlichen Interessen vieler Funktionäre gewesen, hätte es da nicht allzusehr gemenschelt.

So war er ein Mann, der scheinbar alles verantwortete, aber nichts bestimmte, der nur weiterreichte, was die Räte der Stadt wünschten, und die Ablehnungen zurückbrachte und verteidigte, die ihm in Ostberlin regelmäßig ausgehändigt wurden. Und doch steckte er in den Seilschaften, hatte er längst jeglichen Widerspruch vergessen und war so durch Schweigen und Verschweigen und durch die auch von ihm angeleierten oder beförderten großen oder kleinen Intrigen mitschuldig geworden.

Trotzdem: So sehr misstrauten die eigenen Genossen selbst diesem willfährigen, längst willenlosen Repräsentanten ihres Regimes, dass sie ihm eine hochmoderne Boden-Induktionsschleife-Abhöranlage ins Dienstzimmer einbauten, deren Bänder sein Persönlicher Referent regelmäßig in der Stasizentrale auf dem Weißen Hirsch ablieferte. 1992 wurde die Anlage zufällig gefunden, immer noch funktionsfähig. Schill: »Ich hab's geahnt!« Selbst harte SED-Gegner respektieren Schill noch ein bisschen. Denn einmal war er mutig. Da ging's ums historische Stadtbild. Die SED hatte die Semperoper-Ruine sprengen lassen wollen. Schon steckten in Bohrlöchern ringsum im Mauerwerk Sprengladungen. Aber dann hatte die Bevölkerung öffentlich protestiert: Ihr einstmals herrliches Elbflorenz wollte sie nicht endgültig zerstören lassen.

Der im Westen kaum bekanntgewordene Aufstand in Dresden hatte die SED so überrascht, dass Funktionäre reihenweise eingeknickt waren und das Politbüro den Wiederaufbau erlaubte. Allerdings nur aus Spendenmitteln, zu denen sich Jahre später, als der Wiederaufbau weltweit lobend kommentiert wurde und es nun um das kulturelle Ansehen des SED-Staates ging, dann doch noch Staatszuschüsse gesellten. Nun war aber aus architektonischer und städtebaulicher Sicht die alte Sichtachse zwischen Brühl'scher Terrasse, Hofkirche, Semperoper, Schloss, Zwinger und Italienischem Dörfchen auf der rechten Elbseite und dem Blockhaus auf der linken wichtig und Schill, darüber informiert, beantragte den Wiederaufbau auch dieses Blockhauses. Der wurde abgelehnt, weshalb Schill und ein paar Freunde nachts vom Semperoper-Bauplatz jene Elbsandsteine abschleppten, mit denen sowohl das Opernhaus, als auch das Blockhaus ursprünglich errichtet worden waren und die das Fassadenbild beider Bauwerke dominierten.

Die Wiedereröffnung der Semperoper wurde zum weltweit beachteten werbewirksamen Schauspiel, das Erich Honecker sich nicht entgehen ließ. Gleich nach dem Festakt gestand Schill seinem Generalsekretär und Staatsratsvorsitzendem den gleichzeitigen Wiederaufbau des Blockhauses, wofür die Dresdner Schill lobten und das nunmehr als »Haus der Deutsch-Sowjetischen Freundschaft« genutzt wurde. Dieser Schachzug rettete Schill indessen nicht. Honecker tobte, jagte nach einer Anstandsfrist den Oberbürgermeister nach 25 Dienstjahren davon und hängte ihm ein Parteiverfahren an. Schill verzog sich in eine Kleinwohnung von 45 Quadratmetern in einer Arbeitersiedlung. Verbittert erzählt er die Geschichte der Brutalo-Plattensiedlung Gorbitz: Der Rat der Stadt Dresden hatte ihren Bau mit 17000 Wohnungen beschlossen und den Antrag mangels eigenen Haushaltrechts nach Ostberlin weitergereicht. Vier Jahre später wurden die veranschlagten 125 Millionen Mark für den Bau bewilligt. Damit war die Wohnungszahl bindend, galt nur noch der »Plan«. Weil aber die Preise in den vier Jahren davongelaufen waren, reichte das Geld nur für den Wohnungsbau: nicht für Erschließungsstraßen, Kanäle, Spielplätze, Parks, Versorgungseinrichtungen, Poliklinik und Gemeinschaftsräume, geschweige denn für Verkehrsanschlüsse. Zehn Jahre lebten die Bewohner in einer stinkenden Schlammwüste fernab der Stadt, in der Stiefel selten und nicht einmal regelmäßig Reinigungsmittel zu bekommen waren – die Aggressivität stieg stetig an und brach immer häufiger durch; die Kriminalität erreichte Rekordhöhen, kaum ein DDR-Ort wies höhere Selbstmordquoten weit über dem weltweiten und dem ohnedies höheren DDR-Niveau auf.

War's verwunderlich, daß die meisten »Botschaftsflüchtinge« aus solchen Siedlungen stammten? Und das hier in Gorbitz jener massenhafte Auszug der Bürger begann, der die Stadt schließlich mehr als zehn Prozent ihrer Einwohner kostete?

In vergleichbaren Städten war's nicht anders. Seltsame Stimmung zwischen Aufruhr und Resignation. In der »Straße der Befreiung« nahe dem Goldenen Reiter schimpft Ladenleiter Werner Kunz lauthals zum Hausmeister des Kügelgen-Hauses gegenüber. »Mit mir machen DIE nicht mehr, was sie wollen!« Der Hausmeister taucht im dunklen Gewölbe seines Hauses unter, doch Kunz sucht sich neue Zuhörer, unruhig, weil Tochter und Schwiegersohn in Budapest geblieben sind und die Eltern dies erst nach der Flucht in die Botschaft von Stasileuten erfahren haben. Die GRAUEN haben den Kunz eh schon auf der Latte gehabt, seit im heißen Sommer 1987 Mineralwasser-Engpässe aufgetreten waren und Kunz kurzerhand mit Kalk aufs Schaufenster geschrieben hatte: »Margon liefert nicht«.

Ehe Stasileute dies wegwischen konnten, hatten andere Ladenleiter es Kunz gleichgetan, und da ihm nichts passiert war, glaubte er, bei jeglicher Massenbewegung sei der einzelne Protestant sicherer. In Wahrheit waren die Stasileute danach bei Margon eingerückt und hatten Transportleiter Peter H. schuldig gesprochen, einfach so: denn der war nicht Parteimitglied, galt als aufmüpfig, aber kontaktfreudig; immer, wenn die »üblichen Verdächtigen« zu überwachen gewesen waren, war Peter H. ins Fadenkreuz geraten. Der Alt-Sozi indessen hatte kampflustig widersprochen. Seine Fahrzeuge reichten nicht aus und die vorhandenen seien zu alt, ferner seien die Füllmaschinen so überaltert, daß ein Drittel des Technikpersonals allein mit Reparaturen beschäftigt sei. H. wurde massiv unter Druck gesetzt, lehnte die Spitzeltätigkeit dennoch ab, wurde aber verpflichtet, nun die täglichen Technik- und Arbeitsberichte persönlich in der Stasizentrale abzuliefern. Das war perfide, denn selbstverständlich fiel das alsbald auf und wurde Peter H. innerbetrieblich und bald auch im Freundeskreis geächtet – mehr hatte die Stasi sich nicht gewünscht. Und obwohl Peter H.

laut seiner Akte niemals spitzelte, sondern Opfer war, büßte er den Aufruhr der Ladenleiter vom Sommer 1987 im Jahre 1991 noch einmal: Mittlerweile wieder Sozialdemokrat und Dresdner Stadtverordneter, hörte H. von dem Gerücht, dass er Spitzel gewesen sei. Der noble Mensch legte sein Mandat sofort zurück, trat aus der SPD aus: »Ich will nicht zur Belastung der Partei werden.« Noch wähend Kunz nunmehr auf mich einspricht und eine ganze Sauda seiner Wut losläßt, drückt mich plötzlich ein Zivilist zur Seite, zerrt ein Zeichen aus seiner Manteltasche, das ich sehe, aber nicht erkenne. »Verschwinden Sie«, zischt er barsch, ich fahre zurück auf die Autobahn, werde unverkennbar verfolgt und prompt an der nächsten Ausfahrt angehalten: »Ab auf den Transit nach Berlin«, weist mir ein Zivilist den Weg.

Ende August 1989, neuerlicher Besuch in Budapest. Tausende sind jetzt in den Botschaften, campieren in deren Grünanlagen, Tausende sind aus allen Teilen ihrer Urlaubsländer auf dem Weg in die Hauptstädte. Flüchtlinge in Ungarn haben die besseren Chancen, viele sind bereits in den Westen gelangt, weil manche Grenzer zur Seite sehen, andere sogar sorglich den Draht anheben, Kinder und Gepäck nachreichen. Nur in Ostberlin scheint keiner von den alten, bösen Männern an der Spitze zur Kenntnis nehmen zu wollen, was da abläuft: Immer noch werden Straßenzüge gesperrt, wenn Honecker oder einer seiner Vasallen sie passieren, immer noch bleiben die Fenster ihrer Dienstfahrzeuge verhangen, darf niemand sich ihrer geheimen Luxuswohnsiedlung Wandlitz nähern, bleiben Eingaben entweder unbeantwortet oder werden zur Grundlage von Prozessen. Gespenstisch war Ostberlin geworden, aber auch offener die Gespräche an den Wirtshaustischen, auf Plätzen, sowieso in den Kirchen. Daß ein Land am Abgrund stand – jedes Gespräch mit Flüchtlingen in den Botschaften verstärkte den Eindruck. Selbst höchstgeehrte SED-Mitglieder warfen hin, kein Mensch hörte den Funktionären der »Nationalen Front« noch zu, zu deutlich ließ die SED nunmehr erkennen, was diese »Parteien« waren: Marionetten in einem nachgerade perversen Spiel, genannt »Volksdemokratie«, mit willigen Vollstreckern wie jenem Herbert G., der als CDU-Mann scheinbar mutig durchgesetzt hatte, daß er einen Kunstverlag führen durfte: In Wirklichkeit war dieser »Mut« der Deckmantel für seine Spitzelarbeit unter seinen mormonischen

Glaubensbrüdern, die erst aufflog, als er schon acht Jahre im sächsischen Landtag saß und der CSU als Fraktionsvorsitzender gedient hatte. Oder mit jenem Rudolf Krause, der als Gymnasialdirektor zum parteilosen Vorzeigekatholiken geworden war: Dekanatsrat in Leipzig, partei- und regimefern, stark in heimlichen Kontakten zu West-Katholiken. Seine Kinder hatten trotzdem studieren dürfen – »ich bin ja der lebende Beweis für die in unserem Staat praktizierte Glaubens- und Religionsfreiheit«, beteuerte er bei Katholikentagen, kam dennoch nie in den Spitzelverdacht und schrieb hemmungslos nieder, was er sah oder hörte. Er wurde Sachsens erster Innenminister, sein Ministerpräsident Kurt Biedenkopf wollte »die Hände für die Integrität dieses Mannes und DDR-Helden ins Feuer legen.« Er verbrannte sie sich: Tage später stürzte der überführte Minister, musste aber nun schon wieder zum Schweigen gebracht werden. Als Repräsentant eines Westkonzerns in Staaten des einstigen COMECON, mit einem Anfangsmonatsgehalt von 15000 Mark vergleichsweise fürstlich entlohnt: Minister kassierten seinerzeit kaum 4000 Mark monatlich. Ex-Ladenleiter Kunz konnte da nicht mithalten: Sein nach der Wende eröffnetes Sporthaus war nur mühsam über Wasser zu halten. Und der einstige Margon-Transportleiter Peter H. konnte davon nur träumen. Der vergleichsweise »kleine« Mann konnte seine Unschuld beweisen, so oft er nur wollte: Eingestellt wurde er nicht mehr, als sein Betrieb rationalisierte. Er war zu alt, kaum 55.

Ach ja, der Plattenbau-Albtraum Gorbitz: Schon 1990 begann der Stadtrat Dresden jetzt in Eigenverantwortung die Sanierung, ließ alles nachholen, was zehn Jahre zuvor nicht mehr finanziert worden war und sorgte auch für eine Generalsanierung der Bauten, von denen mittlerweile schon Balkone abstürzten. Die Kosten? Noch einmal nahezu 125 Millionen Mark. Jetzt allerdings DM/West.

BREITBEINIG – DER OFFIZIER

31. August 1989. Der neue Tag ist erst Minuten alt. Ich liege auf einer Wiese an der österreichisch-ungarischen Grenze im Burgenland, wo's nicht richtig dunkel geworden und der Stacheldraht sichtbar geblieben ist. Neben mir beobachtet Peter P. den Grenzstreifen, ein professioneller Schleuser, dessen Bekanntschaft mir österreichische Kollegen verschafft haben. Er hat versprochen, meinen Ostberliner Freunden zu helfen.

Die kannte ich, seit ich am 8. Februar 1986 inmitten einer Gruppe dort nicht akkreditierter westdeutscher Journalisten in der Volkskammer mit Abgeordneten diskuieren durfte: Wenig ergiebig, weil die Leiterin der Ostberliner Fuhrbetriebe und der Schulrat aus Mecklenburg selbst harmloseste Fragen mit Parteiphrasen beantworteten und, als ob der sich ausbreitenden Langeweile keine Fragen mehr gestellt wurden, endgültig ihr Gesicht verloren. Ich hatte mich nämlich noch in Ostberlin umschauen und deshalb die Rückreise nach Westberlin mit anschließender neuerlicher Einreise über die Friedrichsstraße ersparen wollen. Also bat ich um eine Ausnahmeerlaubnis. Dazu hätten sie mir nur meinen Pass aushändigen müssen, den der neben ihnen sitzende Parteisekretär verwahrte. »Ausgeschlossen«, sagten die Abgeordneten, wagten es auch nicht, beim Sekretariat des Politbüros anzurufen. Stur war ich losmarschiert und hatte abends im Grillrestaurant Unter den Linden die Eheleute St. kennengelernt: Er Bauingenieur und SED-Mitglied, sie Krankenschwester, beide sehr stolz auf ihre Neubauwohnung, aber auch total desillusioniert über das System. Dabei ging's ihnen glänzend: Reisen in die Bruderstaaten, ein neuer Trabi. Hans St. war überdies häufig auf Westbaustellen eingesetzt, in Wien, Salzburg, in Hamburg und in Schweden. Da jedoch seine Eva so zu sagen als Geisel in der DDR blieb, war er immer wieder pünktlich heimgekehrt und hatte auch nie Besuche seiner West-Verwandten riskiert. »Zukunft gibt's für uns hier nicht«, sagten beide, »es bewegt sich nichts mehr!« Ein loser Kontakt blieb.

Am 21. August 1989 traf ich Eva und Hans St. wieder einmal in Ostberlin. »Wir fliegen morgen nach Ungarn«, platzte Eva heraus.

Bei 30 Grad im Schatten war schwer zu klären, was Angst- und was Hitzeschweiß auf beider Stirne war. Hans' Frage, »holst du uns dort raus?«, beantwortete ich spontan zustimmend, und wirklich ließ sich das nach einiger Suche besser an als erhofft: Der Schleuser war rasch gefunden. Am 30. August ein Telefonkontakt: »Wir schlagen uns heute von Budapest nach Sopron durch«, sprudelte Hans heraus, »auf Gerüchte über bevorstehende Grenzöffnungen oder Ausreisegenehmigungen ist kein Verlass!«

Sie marschierten den ganzen Tag, nur Evas Umhängetasche bei sich, und ich wanderte ihnen entgegen: Über Feldwege, an Weinbergen vorbei und an Sonnenblumenfeldern bis zum Drahtverhau. Dort erwies es sich, dass die Grenzpostenreihen ausgedünnt worden waren. Peter P. kannte die Grenze aus dem Effeff, hatte zahlreiche Flüchtlinge in den Westen geholt. »Nicht wegen des Geldes«, beteuerte er, der trotzdem »nur 1000 Mark pro Person« kassierte, »die Hälfte vorab«; im Burgenland war sein sagenhafter Reichtum aus wenigen Wochen »Arbeit« Tagesgespräch. Drückende Schwüle, eine unruhige Nacht und eine nachtlaute Landschaft, in der jeder aufgescheuchte Vogel Todesängste und Schweißausbrüche auslöst.

Peter P. geht fast lautlos flott voran, ich stolpere ungeschickt hinterher, er mahnt barsch zu mehr Vorsicht. Endlich Bewegung am Drahtzaun vor uns. Leise Frage: »Hans?!« Im Gras hüstelt ein Mann, ich fasse seine Hand und ziehe ihn auf die österreichische Seite der Grenze hinüber. Es ist nicht Hans, sondern einer der vielen Flüchtlinge, die auf eigene Faust eine Flucht wagen. Peter P. richtet sich auf seinen Unterarmen vorsichtig hoch, kriecht hinüber nach Ungarn, ich hinterher. Ich höre einen leisen Ruf, treffe auf Hans und Eva, drehe mich um -und sehe den Grenzoffizier: Groß, schlank, verschmutzte Stiefel, Breecheshosen mit Biesen. Ich liege zwischen seinen gespreizten Beinen. Der Offizier schaut angestrengt zur Seite, hebt von Zeit zu Zeit sein Fernglas an die Augen, lässt es in den Lederriemen fallen, zieht eine Zigarettenschachtel aus einer Tasche, zündet sich eine Zigarette an, lässt das brennende Hölzl fallen, das dicht neben meinem Gesicht im moorigen Boden verzischt. Nichts passiert. Ich weiß nicht, wo Peter P., wo Hans und Eva St. geblieben sind, fühle kühle Bodenfeuchtigkeit an mir hochkriechen, und obwohl sie mich immer mehr abkühlt, fließt brennender Schweiß duch meine Augen und von meinem Körper weg; Kälte- und Hitzewallungen rasen mir über den Rücken. Ich liege, liege, liege – zwei Stunden, in denen der Offizier viel raucht, alle Kippen auf mich fallen lässt und immer wieder brennende Streichhölzer, sich ansonsten aber nicht zu regen scheint, nie bückt, sich nicht einen Millimeter fortbewegt. Wie ein Denkmal steht er über mir, seine Stiefel rechts und links von meinen Hüften. Keinen Ausweg lässt er mir: weder vor, noch zurück. Unweigerlich würde ich seine Stiefel streifen. Was er sieht, fühlt, denkt in jener Nacht – nie hab ich's erfahren.

Aber kurz nach 2 Uhr steigt er über mich hinweg, verschwindet im aufsteigenden Dunst und ein- für allemal aus meinem Leben. Ich brauche noch einige Zeit, bis ich weiter rutsche, nehme kaum wahr, dass neben mir Menschen wie Schlangen durch das feuchte Gras und den Schlamm gleiten, keuchend, weinend: Peter P. ist dabei, Hans und Eva St. und viele mir unbekannte Mitmenschen. Peter P. scheint seine Nerven nicht mehr unter Kontrolle zu haben, als wir endlich auf österreichischer Seite sind, auch hier noch weiter rutschend, ehe wir nach vielen Metern hinter dichten Büschen aufstehen: Die 2000 Mark reichen ihm nicht, jetzt will er auch Geld von den Unbekannten. Sieben Menschen stehen um ihn herum, der am ganzen Körper zittert.

Es gibt keine Freudenausbrüche, auch nicht, als wir mein Auto erreichen. Kaffee aus einer Thermoskanne, Limo aus Dosen, frische Kleider. Dreck wird abgerieben. Ein Hund im nahen Gehöft schlägt an, Licht in einem Obergeschoss-Fenster. »Ach so«, sagt der Mann, der aus dem Fenster schaut. Und dann geht er wortlos in seine Garage, holt seinen Wagen heraus und fährt die fünf Unbekannten nach Wien. Fragen stellt er keine, lässt sich in Wien nicht einmal das Benzingeld ersetzen: »Werd's es eh brauchen«, winkt er ab, fährt sofort wieder heim, erfahre ich Jahre später.

Hans und Eva setzen sich in meinen Wagen, wir biegen in die Bundesstraße 50 ein und wechseln nahe Schönbrunn auf die Autobahn 1. Eva weint hemmungslos, Hans wirft es in Schauern. »Die Nerven halt«, entschuldigt er sich, schreit plötzlich: »Ich fass es nicht – wir sind frei!« Die St. leben heute in Westdeutschland, haben ein Kind, zahlen ihre Eigentumswohnung ab und arbeiten in ihren erlernten Berufen.

Ostberlin? Hans war einmal dort, musste sich per Gerichtsurteil Zutritt zu seiner Wohnung verschaffen, aus der er nur Privatpapiere und Fotos mitnahm. »Viel war eh nicht mehr drin«, sagt er gelassen. »Dort noch einmal anfangen? Ausgeschlossen!« Mit Eva ist er bald nach der Wiedervereinigung ins Burgenland gereist um sich bei Tageslicht gefahrlos von diesem Schreckenskapitel ihres Lebens zu verabschieden. Peter P. haben sie nicht angetroffen. Dessen Nachbar grinste: »Der hat locker eine Viertelmillion kassiert, Mark, nicht Schilling. Und was hat er davon gehabt?

Am 10. September 1989 haben Ungarn ihn geschnappt und für Jahre eingesperrt, am 11. September hams die Grenze geöffnet. Und bis er wieder heraußen ist, der Peter, ist auch sein Konto wieder blank. Denn die Unsrigen ham's per Steuerbescheid sauber abgeräumt. Grad recht is eahms geschegn!«

11. September 1989, früher Vormittag an der seit Stunden offenen Grenze zwischen Ungarn und Österreich. Zehntausende fahren, laufen, vorneweg ein Budapester Taxi mit einer Familie aus Jena auf den Rücksitzen. Bis zum Ziel Passau sind 250 Mark/Ost Fuhrlohn ausgemacht. In dem Sturzbach gen Westen kann man nur mitschwimmen, staunen, sich freuen. Wie eine alles mitreißende Regenzeit-Woge in einem übers Jahr ausgetrockneten afrikanischen Wadi rast es da heran, überhaupt nicht daran zu denken, jetzt Pässe zu kontrollieren oder Anträge auf Westausweise anzunehmen; die Österreicher lassen alles laufen.

Ein Anhalter stellt sich als »Robert, 17, Gymnasiast aus Dresden« vor. Wortkarg erst, dann langsam auftauend, teilt er überraschend mit: »Ich fliehe nicht, ich hab' nur etwas zu besorgen, dann reise ich über Ungarn heim.« In Bruchstücken berichtet er seine Lebensgeschichte: FDJ, Sportgymnasium, Kurzstreckenläufer. »Ich hab' die Norm nicht geschafft, da war's aus!« Was sich so nüchtern anhört, hat bittere Folgen gehabt und ärgerliche bis dramatische Vorereignisse: Robert war ein ausgemachter Individualist, zwar ein Spitzenschüler und, zwecks Taschengeldaufbesserung, sehr guter Nachhilfelehrer, aber durchaus kein angepasster Trainingsbolzen. Doping? »Ich hab's sofort gespannt und lauthals abgelehnt.«

Lauthals war wichtig: Aufsehen durften sich die Kader der Sportnomenklatur nicht leisten; seit Beginn der achtziger Jahre sickerte viel zu viel in den Westen durch, die totale Abschottung schafften die DDR-Oberen nicht mehr. Die FDJ kritisierte Robert als »Abweichler von der Parteilinie«, doch zur öffentlichen Selbstkritik war der nicht bereit. Gut trainiert, muskulös – ein Musterbild des stolzen DDR-Nachwuchses, war er nach Bonzenmeinung wegen seiner langen Haare und des provozierend getragenenen Zopfes kein Vorzeigeobjekt. Musikalisch, ein guter Fotograf, ein ungewöhnlich guter Bergsteiger, organisierte er in jungen Jahren selbständige Bergtouren quer durch den Kaukasus. Und seine parteihörigen Lehrer konnten ihn zwiebeln und stetig mobben – seine guten Schulleistungen und seine klugen Diskussionsbeiträge konnten sie nicht leugnen, so sehr sie auch seine Noten drückten. Jetzt war er im Westen und das mit einem klaren Ziel: Regensburg! Um was es ging, wollte er nicht preisgeben, aber dass die Fahrt exakt vor das von ihm genannte Haus in der Alten Nürnberger Straße führte, erleichterte ihn sichtlich. Auf ihn zu warten? Robert gab keine klare Antwort. Er war leichenblaß, marschierte auffallend steif auf die Haustüre zu, klingelte. Die Haustüre sprang auf, der Bursch rief etwas ins Treppenhaus. Ein Mann trat vor die Türe, unverkennbar Roberts Gesicht. Ein kurzer Wortwechsel, dann fing sich der Mann eine fürchterliche Watschn ein, die seine linke Wange, aber auch Roberts feste Hand ersichtlich rötete. Sprachlos blieb der Mann im Türrahmen des Hauses unmittelbar neben jenem stehen, in dem gleich nach dem Krieg jener Böhme Schindler untergekrochen war, der ungewöhnlich mutig und unter Einsatz seines ganzen Vermögens 1300 Juden gerettet hatte, ein Mann mit viel charakterlicher Ähnlichkeit mit Robert. Der stieg in den Wagen, dankbar, dass der für ihn bereitstand. Und plötzlich brach er zusammen, gar nicht mehr so stark, wie er sich selbst gesehen und wie er gewirkt hatte, ein Häufchen Elend, ein enttäuschtes Menschlein, das jetzt liebend gerne Kind gewesen wäre und sich an irgendeines Mitmenschen Schulter ausgeweint hätte.

Dreizehn Jahre zuvor war Roberts Vater, Ingenieur und Verlaufsleiter eines sächsischen VEB-Unternehmens und stets freier Reisekader, von einer Westreise nicht mehr heimgekehrt. Schon Tage später hatte er die Scheidung begehrt, sich in den Jahren danach nicht einmal nach Robert erkundigt, den Unterhalt nicht bezahlt; er hatte geheiratet und drei Kinder, wohnt neuerdings in einem sehr aufwendigen Eigenheim am Regensburger Stadtrand. Wie Robert des Vaters Adresse ausfindig gemacht hatte? Unbekannt. Wie lange er seine Rachefahrt geplant hat? Er hat's nie erzählt. Robert ist nach Dresden heimgefahren zu seiner Mutter, die sich jahrelang armselig durchgeschlagen hat, krank, ohne Lebenslust. »Dabei war sie eine hochgebildete, einst immer fröhliche Frau, die gerne reiste und niemals geflüchtet wäre; sie war politisch interessiert, eine Individualistin wie ich; sie hat Vater geliebt und für ihn gelebt.« Robert hat sein Abitur gemacht und ein Geo-Studium in Göttingen in kürzestmöglicher Zeit mit einer Traumnote bewältigt. Er, der in den sieben entscheidenden Jahren am Sportgymnasium keine Ansprache hatte und auf einen starken Vater angewiesen war, hatte von ihm kein Wort gehört und sich trotzdem nur mühsam von ihm gelöst: von seinen Hoffnungen, von seinem Bild eines guten, liebenden, angesehenen Übervaters; aus der Liebe ist Hass geworden, aus dem Robert sich auch nach der Wende, nach seinem Watschnauftritt, nach dem erfolgreichen Studium nicht mehr gelöst hat.

GLÜCK UND TOD

Sie war alt geworden, hatte aber die fortschreitenden Jahre nicht als Last empfunden. Bärbel S. hatte auf einem Bauernhof in Oberschlesien gearbeitet, ein pommersches Kaschubenmädchen unter vielen. Aber dann war sie vom Erben eines benachbarten Rittergutes geheiratet worden. Sie hatte ihm vier Söhne geboren, den Mann im Krieg verloren und war vertrieben worden, glücklich, dass sie mit den vier Buben in einem mecklenburgischen Heuschober untergekommen war. Arm gewesen, ein paar Jahre reich und dennoch stets mit Arbeit überhäuft, jetzt wieder arm, war sie gut zurechtgekommen.

Als in dem mecklenburgischen Dorf beide Rittergüter unter dem Slogan: »Junkerland in Bauernhand« aufgeteilt worden waren, hatte auch die schlesische Witwe ein gar nicht so kleines Stück Land bekommen. Es war freilich das sandigste und abgelegenste am Dorfrand und sie hatte es wenige Jahre später in die LPG einbringen müssen. Sie war auch davon nicht irritiert gewesen, hatte sich in die Front der bäuerlichen Arbeiter eingereiht und war zur stellvertretenden Leiterin der Melkerinnen aufgestiegen. Letztendlich hatte ihr wenig gefehlt, sieht man davon ab, dass sie gerne gereist wäre, weil sie die Freuden solcher Freizeitbeschäftigung während ihrer Ehe an der Seite ihres Mannes genossen und der ihr noch so viele Ziele genannt hatte.

Auch hätte sie gerne dann und wann Südfrüchte gegessen, die in ihrem schlesischen Gutshaus alltags auf den Tisch gekommen waren und von denen immer einige in einer wunderschönen Meißner Schale auf der Kredenz gestanden hatten. Denn da die Familie ihres Mannes neben dem Rittergut auch eine Stahlgießerei, Kohlegruben und ein Stahl- und Kohlehandelskontor besaß, waren internationle Kontakte genutzt worden, um den Tisch im Schloss zu bereichern. Wie gesagt: Sie bedauerte diesen Mangel, litt aber nicht wirklich darunter. Ihre Haltung zu den Söhnen war als »verhaltener Stolz« zu werten. Alle vier Buben hatten Gymnasien besuchen dürfen. Einer war Technikoffizier der NVA, einer arbeitete in der UdSSR, ohne daß die Mutter je erfuhr, dass er an Atomwaffen- und Raketen-Geheimprojekten mitwirkte. Einer leitete eine sozialistische Musterschule in Berlin und ihr Jüngster war vom Parteisekretär der LPG über das SED-Kreis- und das Bezirkssekretariat in den Vorraum des Politbüros aufgestiegen und auf dem Sprung zum Kandidat.

Irgendwie, räumte seine durchaus nicht uninformierte Mutter sich ein, muss er sich da hübsch durchgebissen haben. Wie wollte sie lieber nicht wissen. Weder die Söhne noch irgendwer in der DDR kannte das eigentliche Geheimnis der alten Frau. Dass sie einen Adelsnamen getragen und das »von« auf der Flucht nach Mecklenburg klammheimlich verloren hatte, war in Ostberlin bekannt: Sie hatte in dem mecklenburgischen Dorfgemeindeamt angegeben, ihre Pässe verloren zu haben, den Familiennamen ohne Adelstitel genannt und war so zu neuen Papieren gekommen. Das MfS barg in einem seiner Giftschränke auch diese Akte, doch da die Frau nie Anlass dazu geboten hatte, machte man ihr auch keine Schwierigkeiten, zumal die Söhne auf der Parteilinie fuhren. Dass sie aber ein voreheliches Kind gehabt hatte, welches sie abgeben musste, um die Zustimmung der Familie ihres Mannes zu der durchaus nicht fröhlich begrüßten Heirat mit einem Nichts zu bekommen, das wusste niemand, weil alle Standesamtspapiere ihrer Heimatgemeinde verbrannt waren, als die Russen das Dorf heftig beschossen: Sie hatte es mit eigenen Augen gesehen.

Dieser Sohn war das Ergebnis einer Vergewaltigung durch den ersten Bauern gewesen, dem sie gedient hatte: ein unerfahrenes Kaschubenmädchen, das beharrlich eine Abtreibung verweigerte und dem ein gütiger Pfarrer half, den Neugeborenen in einem Waisenhaus unterzubringen. Dort blieb das Kind, weil sie alsbald wieder auf den Feldern gearbeitet hatte; jede Mark hatte sie nun abliefern müssen. Und ihr reicher Mann, anfangs entschieden dafür, dieses Kind in die Familie aufzunehmen, war davon rasch abgekommen, als sein Vater die Enterbung androhte, wenn der »Bankert« auch noch in die Familie komme. Sie hatte sich zur Adoptionsfreigabe überreden lassen, die Verlegung des Kindes in ein Breslauer Waisenhaus erfahren, nicht aber die Adoption. Sie wurde älter, in ihrer Kleinwohnung einsamer.

Irgendwie schienen sich die Söhne ihrer einfachen Melkerinnen-Mutter zu schämen, vielleicht hatten sie ja auch wirklich nur wenig Zeit. Und sie redete sich ein, es sei ja verständlich, dass die Schwiegertöchter allein oder gar mit ihren Enkeln selten kommen konnten. Die hatten daheim ihre Aufgaben, die Kinder ihre Schulpflichten; wie auch immer: Bärbel S. hatte, wenn sie vom Dienst kam, wenig Ansprache, selten Post und praktisch nie Besuch. Aber sie war überglücklich, wenn sie in parteiamtlichen Zeitungen den Namen des einen oder anderen Sohnes las. Sie half weit über das Rentenalter hinaus in der LPG mit, kümmerte sich um das politische und allgemeine Tagesgeschehen überhaupt nicht mehr, erschien manchen Dörflern etwas wunderlich, wenn sie mit »ihren« Kühen sprach oder gar so narrisch auf Nachrichten über ihre Söhne reagierte; immerhin: Angesichts der allgemein bekannten Stellung dieser Söhne galt sie als unantastbar.

In ihrer Einsamkeit erschien ihr immer häufiger das Bild ihres ersten Sohnes vor Augen. Sie sah sein Gesicht, sie sprach mit ihm, schrieb ihm reuevolle Briefe, steigerte sich in Rabenmutter-Selbstanklagen hinein. Natürlich schickte sie keinen dieser Briefe ab. Und dann ereignete sich binnen Wochen mehr als in den vierzig Jahren seither. Die »Wende« spülte ihr die Söhne samt ihren Familien ins kleine Haus, und bald schon lächelte sie beim Blick in die sämtlichen belegten Räume samt Abstellkammern: So beengt hatte Bärbel S. nicht mehr gelebt, seit sie im Heuschober des Dorfes untergekrochen war, und es schien, als sei den Söhnen sehr daran gelegen, sich zu verbergen. Selbst den aus der UdSSR sah sie erstmals seit 20 Jahren. Sie hätte ihn fast nicht erkannt, wären nicht die anderen Söhne bei der plötzlichen Ankunft völlig aus dem Häuschen geraten. Sie begriff, dass jeder ihrer Söhne auf den Beistand der anderen gehofft hatte und nun erkennen mussten, dass auch deren Welt völlig aus den Fugen geraten war. Niemand brauchte mehr den NVA-Offizier, der Raketenbauer war entbehrlich, der Rektor Relikt einer jetzt plötzlich verabscheuungswürdigen Partei-Pädagogik, das Politbüro vor der Festnahme. Sie suchten Schutz und sie erkannten eine ganz unerwartete Chance: Inmitten des LPG-Auflösungschaos' ließen sie sich von der überforderten Mutter unterschreiben: »Zugunsten meiner Söhne verzichte ich für mich persönlich auf die Rückgabe meiner Neueinrichter-Grundstücke.«

Die alte Frau wusste nicht, was sie da unterschrieb, die Söhne wussten es umso besser: Die alten Seilschaften funktionierten weiter und so hatten sie erfahren, dass ein Einkaufscenter in ihrem Dorf am Stadtrand von Rostock gebaut werden sollte. Ihr Grundstück lag dafür am günstigsten. Und kaum war es auf ihren Namen ins Grundbuch eingetragen, spekulierten die vier Söhne damit – sie mauserten sich zu den ersten DM/West-Millionären der noch existierenden DDR, ihre Mutter ahnte nichts davon. Ein bisschen schämte sich der Raketenbauer, während er fernab über neue Aufgaben und den Kauf einer Eigentumswohnung zur Kapitalanlage verhandelte. Als er ins Dorf zurückkam, stellte er der Mutter ein Fernsehgerät ins Zimmer. So war sie abgelenkt und beschäftigt, hatte doch ansonsten eh niemand mehr Zeit für sie und ihre Geschichten.

Und da geschah das Wunder: Eines Tages sah sie einen Sportreporter auf dem Bildschirm und es riss sie aus ihrem Sessel – das war er, der verschenkte Sohn, sie war ihrer Sache absolut sicher.

Die Kinder nicht, wohl aber eine mitleidige Nachbarin spürte die Unruhe der alten Frau und fragte das tragische Geheimnis aus ihr heraus. Sie schrieb auch an den Sender und der Reporter reagierte: Er war auf der Suche nach seiner unbekannten Mutter, aber die hatte ihn auf der Flucht verloren; er war Jahre jünger als der uneheliche Sohn der jungen Kaschubenmagd.

Die alte Frau erfuhr dieses Ende ihrer jungen Hoffnung nicht mehr. Als die Nachbarin mit dem Brief des Reporters ins kleine Haus der Witwe trat, waren deren Kinder samt Familien mit Umzugsvorbereitungen beschäftigt: Den Raketenbauer hatten Amerikaner eingekauft, der NVA-Techniker sollte ein westdeutsches Waffenkonsortium beraten, der Lehrer hatte einen Lektorenvertrag in einem Schulbuchverlag unterschrieben und der Politbürokandidat war zum Berater der Kommission aufgestiegen, die regierungsamtliche DDR-Verbrechen ermitteln sollte; danach, so war ihm versichert worden, »wird man schon weitersehen – immerhin sind Sie ja Jurist mit zwei Staatsexamen!«

Ihre Mutter erfuhr vom Briefinhalt nichts mehr. Sie war, das Bild ihres »Sohnes« auf dem Bildschirm vor sich, in die Ewigkeit hinübergeschlafen, ein Lächeln auf dem schönen Altersgesicht. Ganz entspannt hockte sie in ihrem uralten Sessel, die Augen geschlossen. Und niemand von der Familie hatte es bemerkt. Von den Millionen ihrer Söhne benötigte sie keinen Pfennig: Ihr

Grab war bezahlt, 2500 Mark/West für die Beerdigung und den herkömmlichen Leichenschmaus danach lagen auf ihrem Konto. »Barbara Freifrau von S.« steht auf ihrem Grabstein, die Söhne haben die Zeichen der neuen Zeit erkannt und sich »ihren« Titel zurückgeholt.

DREI DEUTSCHE GENERATIONEN

30. September 1989, Samstag abend, Spätnachrichten: »In dieser Nacht passiert der erste Zug mit Flüchtlingen aus der Prager Botschaft Deutschlands die DDR. Ankunft in Nürnberg ungewiss.« Stunden zuvor hat Außenminister Hans Dietrich Genscher vom Botschaftsbalkon herunter die Einigung mit der DDR bekanntgegeben, die von Tausenden mit Jubelschreien beantwortet worden ist, mit Tränen und Zusammenbrüchen auch. Und jetzt soll bereits ein Zug unterwegs sein?

Es nieselt, »Eisglätte auf Autobahnen« ist vorhergesagt. Schier undurchdringliche Dunkelheit. Regensburg, Nürnberg, der Hauptbahnhof. Der Nachtbeamte auf Bahnsteig 12 ist nervös: Niemand weiß nichts genaues, aber neuerdings wird vom Ankunfts- und Erstbetreuungsort Hof gesprochen. Zurück auf die Autobahn Nürnberg-Hof-Berlin, permanent links. Rechts sind endlose Kolonnen unterwegs: BRK, Lastzüge, Helfer in den einen, spontane Spender in den anderen, die nach Hof fahren und Lebensmittel, Babywindeln, Bekleidung heranschaffen und zu Bergen auf den Fernbahnsteigen des Bahnhofs Hof auftürmen.

1. Oktober, 4 Uhr, Hof: Ist der Zug schon durch? Tausende sind in der Stadt unterwegs, »alles ruhig«, winkt der Bonner Staatssekretär Horst Waffenschmidt ab, »der Zug soll um 5.30 Uhr eintreffen!« Kollegen zu Hunderten, Fernsehteams aus aller Welt, eisige Kälte, ein Wind, der über die Bahnsteige fegt und Feuchtigkeit in die Kleider bläst. Erstarrung kriecht von den Beinen hoch in die Finger. Riesige Warenlager bedecken jetzt alle Bahnsteige, BRK-Teeküchen dampfen, Feuerwehren helfen in den Meldestellen, jede halbe Stunde eine neue Pressekonferenz mit verwirrenden Auskünften. Bahren werden herangeschleppt, auf Tischen Obst und Süßigkeiten und Spielzeuge gestapelt, als der Zug endlich da ist, erweist sich: Jetzt sind Teddybären und andere Kuscheltiere gefragt, nichts sonst.

Kurz nach 6 Uhr der Lautsprecherhinweis: »Der Zug hat die Grenze passiert!« Plötzlich fast schmerzhafte Mucksmäuschenstille auf dem Bahnhof, fernes Grollen schwillt an, die Spannung wird greifbar – und dann ist er da, der Zug: die Lok mit dem betont unbeteiligt blickenden Lokführer (»Ich hatte Angst, nie mehr in den Westen reisen zu dürfen, wenn ich mitgejubelt hätte«), winkende, lachende, schreiende, weinende Passagiere, die aus den offenen Fenstern hängen. Neben dem Bahnhofsschild HOF zeigen Fotos die exakte Ankunftszeit: 6.14 Uhr – welch ein unglaubliches Ereignis an diesem Sonntagmorgen! Bremsen quietschen, Funken sprühen, Türen fliegen auf, noch ehe der Zug richtig steht. Aus Waggon 3 fällt mir ein Mann um den Hals, seine Frau in der offenen Türe dahinter erleidet einen Schreikrampf, beide verunsicherten Töchter lachen und weinen vor Angst, Aufregung, Erschöpfung, und binnen Minuten sprudeln Vater und Mutter die Geschichte ihrer Urlaubsreise über Zinnwald nach Prag heraus, den Aufenthalt im Botschaftsgarten, die Fahrt durch die DDR, bei der sie aus der Ferne ihre Heimatstadt U. sahen, »auf Jahre hinaus letztmals«, wie sie glaubten. Und dann wischten sie alle Beklemmung, alle Ängste und den Pessimismus energisch beiseite: »Wir sind frei!«

Walter K., seine Frau und ihrer beiden Mädchen zogen nach Köln. Er fand Arbeit bei Ford, sie in einer Kantinenküche; die Töchter lebten sich rasch ein, trugen glänzende Zeugnisse nach Hause. Um besser zu verdienen, entschied Walter K. sich für Dauernachtschichten. Wenn er heimkam, ging die Frau aus dem Haus, die nachmittags den Kindern bei den Hausaufgaben half: Lehrerin hatte sie einst werden wollen, es war ihr verwehrt worden, jetzt plante sie ein Abendstudium. Eine Wohnung wurde gemütlich eingerichtet, ein Auto vor die Türe gestellt – vollkommenes Glück nach schrecklichen Aufregungen?!

Es war nicht irgendeine Familie, der die K. entstammten, und was dieser Familie in drei Generationen geschah, war so nur in Deutschland möglich: Großvater Schlosser Walter K. aus U. in Sachsen war kommunistischer Aktivist und mit Herbert Wehner befreundet, dem er als Fahrer und Bote diente. Der Nazigegner wurde gleich nach der »Machtergreifung« 1933 erstmals verhaftet. 1937 flogen er und seine KPD-Untergrundzelle auf: Verbotene Kontaktpflege, illegale Parteiwerbung, Handzettel und an Wände gemalte Parolen wurden K. und sieben Mitstreitern zur Last gelegt. Die Acht landeten in Konzentrationslagern, und als sie schließlich nach Flossenbürg verschleppt wurden, wurde die Gruppe rasch dezimiert. Walter K. und nur noch zwei der einstigen Mitstreiter wurden am 20. Februar 1945 ins Flossenbürger Nebenlager Plattling verlegt, wo 500 Mithäftlinge den einstigen Musterkommunisten Walter K. als gebrochenen Menschen erlitten, so willfährig geworden, dass er von den in aller Öffentlichkeit inmitten der niederbayerischen Stadt eiskalt mordenden SS-Wachen zum Kapo berufen wurde, der sich mit grausigen Brutalitäten sein armseliges Leben zu erkaufen versuchte. Als die Plattlinger Überlebenden am 1. Mai 1945 von US-Soldaten befreit wurden, kam K. bitteres Ende: Rasende Ex-Häftlinge erschlugen Kapo Walter K. mit zwei Spatenhieben und verscharrten die Leiche in einem Acker. Die Familie in U. erfuhr Monate später, Walter K. sei in einem KZ »umgekommen«, weshalb er daheim mit einer Gedenktafel als »Opfer des Faschismus« geehrt wurde. Sein Sohn Walter, ebenfalls Aktivist der KPD, wurde nach der erzwungenen Vereinigung zur SED deren Funktionär, schaffte als lebenslang eher kritisches Mitglied aber keine große Karriere.

Als die beiden überlebenden Mitstreiter durchsickern ließen, dass sein Vater durchaus nicht so ehrenhaft gestorben war, wie angenommen, rückte die SED von ihrem Sekretär ab, der längst den Glauben an die demokratische Grundeinstellung der allmächtigen SED verloren hatte. Die Ehrentafel verschwand, Walter K. zog sich an seinen Arbeitsplatz und in den Kleingarten zurück, sein Sohn Walter büßte die Zweifel an Vater und Großvater: Zum erhofften Maschinenbaustudium wurde er nicht zugelassen. Als Walter K. jun. endgültig registriert hatte, dass man seiner Familie mißtraute und sowohl er, als auch seine Kinder chancenlos in dieser Gesellschaft waren, begann er, Fluchtpläne zu wälzen und ahnte doch: »Daraus wird nie etwas! Und einen Ausreiseantrag zu stellen war ich zu feige.« Doch als er als Urlauber in Prag zufällig die Menschenmassen im bundesdeutschen Botschaftsgarten sah, meldeten seine Frau und er sich spontan mit beiden Töchtern als Flüchtlinge dort an. Walter K. war im ersten Zug, schwitzte Blut und Wasser bei der Transitfahrt durch die DDR, fürchtete jeden Augenblick die Festnahme, als DDR-Beamte die Pässe einzogen. »Doch der Zug fuhr durch, passierte die Sperranlagen – es war unglaublich.« Seine Hoffnungen erfüllten sich: Er und seine Frau wurden gut bezahlt, Walter K. konnte mit einer Beförderung zum Gruppenleiter rechnen, die Wohnung wollten sie irgendwann kaufen; die ersten Fernreisen – ein Traum. »Wir haben's wirklich geschafft«, schrie Walter K. am Neujahrstag 1992 ins Telefon.

Einen Monat danach tickerte die Meldung über die Nachrichtenleitungen: »In K. verbrannten bei einem verheerenden Wohnungsbrand zwei Töchter einer Familie, die erst 1989 in den Westen umgesiedelt war. Beide Eltern waren am Arbeitsplatz, als das Feuer aus unbekannter Ursache ausbrach. Die Kinder erstickten, noch ehe die Flammen sie verbrannten.« Ja, es waren die Töchter, die Enkelinnen und Urenkelinnen der K. aus U., unschuldige Opfer eines Jahrhunderts der Staatsverbrechen und Staatsverbrecher, die im Gegensatz zu den kleinen K. aus in Sachsen ihre Verbrechen niemals wirklich büßen mussten.

DER MANN VOM PRAGER BOTSCHAFTSZAUN

3. Oktober 1989, Flug nach Prag. Die Moldaustadt brummt, rund um die Deutsche Botschaft kommt es zu Horrorszenen, als Geheimpolizisten DDR-Bürgern den Zugang verlegen. 4. Oktober, Ostberlin schließt die Grenze zur »sozialistischen Bruderrepublik« CSSR.

Tags zuvor sind neuerlich 3000 Flüchtlinge in der Botschaft registriert worden. Die Zahl wächst beängstigend schnell, obwohl seit dem 1. Oktober Züge immer mehr Menschen durch die DDR in den Westen transportieren. Egon Krenz redet vom »Verrat an der Heimat«, das Politbüro, diese Versammlung allmächtiger, furchtbarer alter Männer und Horror selbst des sowjetischen Generalsekretärs Michail Gorbatschov, bereitet unbeirrt die Feiern zum 40. Jahrestag der DDR vor.

In Radioberichten ist die Rede von 100000 demonstrierenden Leipzigern, zentrale bayerische Aufnahmestellen für DDR-Flüchtlinge melden täglich neue Rekordzahlen von der österreichisch-ungarischen Grenze, die seit dem 11. September offen ist, frei von Drahthindernissen und Minenfeldern. Auf dem Weg nach Prag berichtet Flüchtling Alexander N., dass haarscharf hinter seinem alten Trabi die Zinnwalder Grenze geschlossen worden sei, und: »In Dresden protestieren Tausende!« Davon ist normaler Weise wenig zu erfahren, denn Dresden liegt im »Tal der Ahnungslosen«, in dem West-TV-Sender nicht empfangen werden können und West-Journalisten immer noch an der Abfahrt von den Transitautobahnen gehindert werden. Allerdings wollen Reisende aus den Prager Flüchtlingszügen seit dem 4. Oktober Demos am Dresdner Hauptbahnhof beobachtet haben. Die Staatsmacht habe brutal zugeschlagen, zahllose Menschen verhaftet und in Haftanstalten verschleppt. 5. Oktober. 11000 DDR-Bürger sind schon via DDR in den Westen ausgereist oder dorthin unterwegs. Ich sitze in einem der vollbesetzten Züge, spreche mit DDR-Bürgern, die das nicht mehr sein wollen, aber zugleich hoffen, dass man ihnen nicht alle DDR-Papiere abnimmt. Denn die sind Identität, ein Reichtum in der DDR, nicht konvertierbar.

Es ist darüber zwischen Ost und West verhandelt worden. Die DDR besteht darauf, ihre Bürger »ordnungsgemäß« aus ihrer Staatsbürgerschaft zu entlassen. Die Reisenden reagieren ängstlich, aber auch gereizt bis hin zu offener Agressivität und Hassausbrüchen auf die Uniformierten, die in den Zügen Pässe einsammeln. Sie kennen sich in der Helsinki-Schlussakte aus, haben schon in Prag von westdeutschen Botschaftsmitarbeitern verlangt: »Stellt uns Bundespässe aus!« Wo der Hass zu deutlich wird, weichen DDR-Uniformierte dem Streit aus und verzichten auf die Einsammlung, weshalb einige der Flüchtlinge beim Übergang ihres Zuges auf die westdeutschen Gleise ihre Pässe demonstrativ zerreißen und die Fetzen aus den Fenstern flattern lassen, andere indessen diese so schwer zu erlangenden Identitätsnachweise sorgsam verwahren, »als eine mahnende, böse Erinnerung, gut gegen Heimweh«, sagt ein Ingenieur aus Schwerin. Kurz vor dem Dresdner Hauptbahnhof stoppt unser Zug, wird blitzschnell umringt: Soldaten? Betriebs-Kampftruppen? Transportpolizei? MfS?

Ich kenne die Uniformunterschiede nicht. Und von den Mitreisenden hat keiner den Mut, sich ans Waggonfester zu stellen: Sie ziehen lieber die Sonnenblenden herunter, wo diese fehlen, hängen sie Handtücher vor die Scheiben. Es wird still im Zug, bestenfalls im Flüsterton wird gesprochen. Angst kriecht durch die Abteile. Niemand traut den DDR-Behörden. Vom nahen Bahnhof her klingt Lärm herüber, ab und an dumpfe Schüsse – Tränengas! Auf dem Bahndamm nähert sich ein britisches Fernsehteam, Minuten später von Vopo entdeckt und vertrieben. Ein Pulk von Männern marschiert heran, mittendrin SED-Bezirkschef Hans Modrow und Dresdens Oberbürgermeister Wolfgang Berghofer, die im West-TV als verhandlungsbereite, moderate, kompromissfähige, also DDR-untypische Repräsentanten des maroden Systems gelobt werden.

Während Berghofer, dessen Kinder in den USA bzw. Großbritannien studieren, als Lebemann abgetan wird, ist das Verhältnis der Bürger zu Modrow zwiespältig: Wegen der väterlichen Herkunft wird er als »Pole« geschmäht, doch als Modrow in den letzten Tagen der DDR noch deren Ministerpräsident wird, verabschiedet ihn eine riesige Masse am Fetcher-Platz tränenreich mit dem Ruf: »Hans, vergiss uns nicht!« Es scheint, als sei den Dresdnern bewusst gewesen, dass dieser wendige Parteibonze ihnen ein DDR-vergleichsweise gutes Leben gesichert hat; noch war ja die Sorge begründet, dass sich das Regime irgendwie doch behaupten und nach einiger Zeit die Schrauben weitaus härter anziehen würde als in den Jahrzehnten seither. Der Dresdner Pfarrer Horn, in der GRUPPE DER ZWANZIG einer der Verhandlungspartner Modrows und Berghofers: »In Wirklichkeit waren sie typische Vertreter der repressiven SED und wichen nur unter dem Druck der Hunderttausend auf den Straßen zurück. Sie erkannten die Gefahren für ihr Regime und die Hilflosigkeit der Obrigkeit in Ostberlin, und so kämpften nun sie nur noch um ihren Machterhalt.«

Große Polizeiaufgebote riegelten alle Bahnhöfe und Gleisbereiche dort ab, wo Züge aus Prag die DDR passierten. Sechs Stunden stand unser Zug. Die Angst lähmt: Kein Laut, Kinder schweigen, Menschen brechen still zusammen, wer die Nerven verliert, sieht sich rasch dicht umringt, hört beruhigende Worte. Vielen Menschen laufen Tränen über graue Gesichter. Plötzlich ruckende Anfahrt. Der Zug wird schnell, rast durch den geisterhaft leeren Hauptbahnhof Dresden, kracht über ausgeleierte Gleise und über Kreuzungen, schwankt, quietscht schauderhaft, wird auch auf Langsamfahrtstrecken kaum gebremst.

Die Absicht wird klar: In der Ferne winken Menschen entlang der Strecke, auf Bahnhöfen und Langsamfahrtstrecken haben sich tollkühne, verzweifelte Menschen auf die Flüchtlingszüge geschwungen. Noch nie habe ich so viele Uniformierte gesehen wie an diesem Tage entlang diese Fluchtstrecke, die Meter für Meter die Glaubwürdigkeit des Regimes aushöhlt. Wir sehen die Grenzanlagen bei Plauen/Hof. Schaurig-schön, was jetzt geschieht: Als der erste Waggon sich über die Grenze schiebt, bricht darin Jubel aus, der sich wie eine hohe Woge durch den Zug fortpflanzt, lauter mit jedem Waggon, der jetzt auf westdeutschen Gleisen ruhig dahin läuft. Wieder gibt es Nervenzusammenbrüche, Schreie, Freudentränen, Herzanfälle. Wildfremde liegen sich in den Armen: Geschafft! Auf dem Bahnsteig in Hof steigen Rotkreuzhelfer zu. Ungebrochen die Hilfsbereitschaft, die sich dort seit dem 1. Oktober dokumentiert. Seltsam: ich fühle Stolz auf meine Landsleute und schäme mich zugleich solcher Reaktionärsgedanken: Bin ich nicht gerade mit 800 Landsleuten aus der DDR via Prag eingetroffen?!

7. Oktober, später Nachmittag in Deggendorf. Ein Anruf vom BGS: »Sie, da ist hier ein Mann, den kennen Sie aus dem TV.« In jenem alten Wehrmachtslager, zuletzt Lagerhaus am Deggendorfer Hauptbahnhof, in dem binnen Tagen die zentrale Notaufnahmebehörde ihr Arbeit begonnen hat, treffe ich Michael Fleischmann, einen stämmigen Mann in ausgewaschener enger Jeans, Ex-Maurer, Ex-Kellner, Ex-Fahrer, fast kahl, Dreitagebart. Aus seinen Augen ist die Angst noch nicht gewichen, der Mann, erst 34 Jahre alt, wirkt fahrig und zittert von Zeit zu Zeit so heftig, dass er sich nur mühsam wieder unter Kontrolle bringt. Ich bringe ihn im Hotel »Donauhof« unter. Kaum im Wagen unterwegs dorthin, beginnt Michael Fleischmann zu sprechen und hört nicht mehr auf: an der Rezeption nicht, im Aufzug nicht, auch nicht in seinem Zimmer. »Bleiben Sie bitte hier, allein pack' ich's noch nicht!« Michael Fleischmann – er war der Mann vom Prager Botschaftszaun. Unter den schrecklichen Bildern verängstigter und zugleich hoffnungsvoller Menschen, die aus der DDR in die Deutsche Botschaft an der Moldau geflohen waren, war dies das erschütterndste: Ein Mann klammert sich an den Eisenzaun um die Botschaft, festgehalten von Landsleuten im Garten, heruntergezerrt von tschechoslowakischen Polizisten, die mit Fäusten und Stöcken auf den Unglücklichen einprügeln. Er weiß heute nicht mehr, was damals alles durch seinen Kopf gegangen ist.

Michael Fleischmann aus der Gleimstraße 6 am Prenzlauer Berg in der »Hauptstadt der DDR« war ein unpolitischer Mensch gewesen, der sich in seiner privaten Nische eingerichtet hatte: »Arbeit, ein Bierchen am Abend, Gemütlichkeit« schätzte er, den kleinen Kreis der Freunde, »die zuhören, aber alles für sich behalten konnten.« Michael Fleischmann »hatte es im Urin: die machen die CSSR-Grenze dicht; ich muss weg, jetzt oder nie!« War's das allgemeine, plötzlich weitverbreitete Fieber, sich dem Massenaufbruch anschließen zu müssen? »Ein bisschen schon, aber doch auch mehr. Was ich seit Jahren gefühlt hatte, dass es so nicht weitergehen kann. Und dass ich seit Jahren Angst vor Nachbarn mit mir herumtrug, die mich bespitzelten, sich aber ihrerseits ängstigten, ob ich sie bespitzle – ich wusste, das bring' ich nie weg.«

Am 29. September 1989 hat Fleischmann »rübergemacht«, ganz kommod per Flugzeug nach Prag. »Dann stand ich dicht vor der

Botschaft mitten in einem Pulk von DDR-Leuten, rannte von der Rückseite her durch einen Waldpark an den Zaun, sprang hoch, kletterte Hand über Hand wie andere neben mir. Doch dann rissen Uniformierte meinen Freund Detlev runter, ketteten ihn an eine Parkbank.«

10.15 Uhr war es, da hingen sechs Prager Polizisten an Michael Fleischmann. »Aus, Ende hab' ich gedacht. Von drinnen haben Menschen gebrüllt, sich an mich geklammert und durch das Gitter auf die Beamten eingeprügelt. Ich hab' nicht mehr denken können und nur noch geschrieen, immer lauter; die Luft ist mir weggeblieben. Ich habe den Botschaftsbeamten nicht gesehen, der rausgekommen ist. Aber plötzlich hat mich ein Mann an den Händen gefasst, meine Finger losgelöst vom Zaun. Und er hat mich einfach hinter sich her in den Botschaftsgarten gezogen, links mich, rechts den Detlev. Irgendwann ist mir aufgegangen, dass ich in der Botschaft war – in Sicherheit. Ich hab' stundenlang nur geweint, aber auch genau gewusst, dass jetzt ein neues Leben für mich beginnt, ein freies.« Botschaftsrat Michael Steiner hatte aus dem Palais mehr zufällig das Getümmel am Eisenzaun mitbekommen: Das Haus war überfüllt, mühsam hatten Diplomaten, die seit Wochen nicht mehr ausgeschlafen hatten, Namen und Adressen aufgenommen, Zugabfahrten und Transporte der Flüchtlinge zum Bahnhof organisiert, Kontakte nach Bonn geschaltet, mit der Deutschen Bundesbahn und Tschechenbehörden verhandelt. Alles ging drunter und drüber, hatte aber auch schon durch die Gewohnheit vieler Tage eine gewisse Übersicht erlaubt. Steiner schnappte an einem offenen Fenster Luft, sah, was geschah, hörte die Schreie und Hilferufe, rannte spontan auf die Straße, herrschte einen Polizisten an: »Schließen Sie die Kette auf«, hielt eines Prügelpolizisten Knüppel abrupt fest. So verblüfft waren die Polizisten und so überrumpelt, dass sie Fleischmanns Freund Detlev von der Handfessel lösten, mit der sie ihn an die Parkbank gebannt hatten und auch von Michael Fleischmann abließen, den sie grün und blau geschlagen hatten. »Reißen Sie sich zusammen«, herrschte der etwa gleich große, aber weitaus schmächtigere Diplomat den völlig erschöpften Fleischmann an, der wie betäubt zusammensackte, sich unter Steiners Eindringlichkeit straffte und willig wie ein Kind an dessen Hand mit in den Boschaftsgarten ging.

Ein paar Meter in die Freiheit, die Michael Fleischmann indessen als ein Ziel in unendlicher Ferne in Erinnerung blieben. Das neue Leben des Michael Fleischmann hat dort begonnen, wo das alte geendet hatte. Ins Arbeiterquartier Wedding zog »der Mann vom Prager Botschaftszaun«, mietete ein Appartement für 500 Mark, arbeitete als Kaufhaus-Detektiv, bis seine Wirbelsäule nicht mehr mitspielte. Nein, es war kein leichter Anfang. Beulen hatten sein Herz und sein Selbstbewsstsein davongetragen: »Noch im Flüchtlingslager in Deggendorf gab's Hilfs- und Arbeitsplatz-Versprechen, Tage später erinnerte niemand sie mehr.« Buchhalter, wie vom Arbeitsamt angeboten, wollte er nicht werden: »Stundenlang in geschlossenen Räumen? Ausgeschlossen!« Doch dann fand er einen Job als Verkäufer hochwertiger Töpfe, verdiente gut, war unter Menschen – und lernte dabei Ursula kennen, eine Tierärztin. Sie teilt sein Leben, reist mit ihm durch Skandinavien, hört ihm zu.

Michael Fleischmann wirkt seither gelöst, glücklich, ist frei von Ängsten und innerlichen Empörungen früherer Jahre, aber auch fern seiner alten Clique. Und doch ist da noch ein Rest geblieben, den Fleischmann nie aus seinen Gedanken vertreiben wird: Die verwaschene, hautenge Jeans hängt in seinem Kleiderkasten, ein wichtiges Symbol für ihn: »Dass ein Einzelner sehr wohl ein Verbrecherregime überwinden kann!« Und Michael Steiner? Journalisten in aller Welt haben Michael Fleischmann als »Held vom Prager Botschaftszaun« gefeiert, er selbst immer abgewinkt. »Da sehe ich mich eher als tragischen Held; ich handelte ja in dem Stück nicht, ich spielte den passiven Part!« Nein, Steiner, der Karriere im UN-Einsatz unter anderem in Ex-Jugoslawien und dann als Boschafter des wieder geeinten Deutschlands in Prag machte, schließlich Bundeskanzler Schröders außenpolitischer Berater wurde und 2002 wieder zur UNO wechselte, »dieser wunderbare Mensch Steiner ist aus meiner Sicht der wahre Held in dem Drama!«

DAS SCHNÄPPCHEN

Dezember 1989. In Franken leben die Eheleute T., beide über siebzig Jahre alt, Dresdner aus einer Famlie, die über Generationen hinweg in sächsischen, preußischen und Reichsdiensten gestanden hatte, politisch nie involviert, wohl aber künstlerisch interessiert war.

Robert T. war Postamtsleiter in Dresden gewesen, eine der vielen bürgerlichen Fassaden des Regimes, wie er sich in den letzten Jahren seiner Dienstzeit eingestanden hatte. Daß er daraus keine Konsequenzen gezogen hatte, bedrückte ihn noch nach der Ausreise, die erst kurz vor der »Wende« endgültig möglich geworden war, mehr Rauswurf als Erfüllung eines Lebenstraumes. Immerhin hatte Robert T. einst öffentlich dem Regime widerstanden: Das war, als die Semperoperruine gesprengt werden sollte und Dresdner Bürger sich dagegen wandten. Ein Wunder, daß ihm und seiner ebenfalls beteiligten Frau aufgrund solchen Aufruhrs nichts widerfahren war, aber auch dies, war er sich innerlich klar, hing wohl mit seiner Funktion zusammen, die einzig und allein seiner Familie und deren Historie zu danken war.

Doch Robert T. und seine Frau lenkten sich von inneren Unruhen und Ärgernissen, die sie sahen und doch nicht zur Kenntnis nahmen, mit der Einordnung und Pflege ihrer Kunstsammlung ab. Für die hatten sie Platz in ihrem kleinen, mühsam errichteten Häusl geschaffen, indem sie es sparsam möblierten, so dass Platz an den Wänden und für Glasvitrinen blieb. Robert T. hatte rasch erkannt, dass seltsame Dinge in seinem Postamt vor sich gingen: Dass Briefe verschwanden und Pakete, dass Briefe erheblich verspätet zugestellt wurden und zuvor geöffnet worden waren, dass aus- und eingehende Post systematich kontrolliert wurde. Er hatte Zivilisten des Hauses verwiesen, die auftauchten, wenn die letzten Mitarbeiter gegangen waren und morgens, ehe die ersten eintrafen, aber Robert T. war von ihnen ausgelacht worden. Er hatte sich über deren Heimlichkeiten beim SED-Bezirk, bei seiner vorgesetzten Behörde und schließlich im Ministerium beschwert. Dort war er freundlich abgewimmelt, schließlich von anderen Zivilisten sehr massiv bearbeitet worden, worauf er zu seiner Entlastung einen geharnischten Protest in den Diensttresor legte, so sein Gewissen erleichterte und fortan mit dem Blick auf die ohnedies fällige Pensionierung in einigen Jahren schlichtweg nichts mehr sah und hörte. Kurz vor seiner Pensionierung wurde es hektisch im Leben des Beamten und seiner Frau, gerade, als der Sohn weggeheiratet hatte und die Tochter, evangelische Vikarin, erfolgreich einen Ausreiseantrag gestellt hatten: Erst erschienen Mitarbeiter der KoKo des ihm ebenso völlig unbekannten Staatssekretärs Alexander Schalck-Golodkowski, die sich für seine Kunstsammlung interessierten und ihm unverblümt mitteilten, man werde ihm nachweisen, daß er alle diese Gegenstände illegal erworben und verbotenen Handel damit getrieben habe. T. hatte die Vorwürfe empört zurückgewiesen, dann aber vorsichtshalber jene kostbaren Erstdrucke herrlicher Bücher, die den KoKo-Gaunern nicht zu Gesicht gekommen waren, aber auch einige seiner schönsten Bilder in öffentliche Sammlungen gebracht, notgedrungen als »Stiftungen« deklariert.

Als er bald darauf erkrankte, wurde ihm die Pensionierung nahegelegt, ein Ansinnen, das der pflichtbewußte Beamte empört zurückwies, obwohl es Andeutungen gegeben hatte, bei entsprechender Vernunft seinerseits sei »man« durchaus bereit, über eine Ausreise mit sich reden zu lassen, die künftige regelmäßige Heimatbesuche nicht ausschließe, oder über vorzeitige Rentnerreisen, obwohl T. noch keine 65 Jahre alt sei; auch dem Sohn würden vielleicht günstigere Aufstiegsmöglichkeiten geboten. Robert T. hatte sich erholt und seinen Dienst wieder angetreten, doch seine Frau wurde aufgrund stetiger Drohungen und unerwarteter Besuche zur Unzeit krank und kam aus ihrer Panik kaum mehr heraus. Und schon kam der nächste gemeine Schlag: Urplötzlich wurde ein kinderloses Ehepaar ins Haus eingewiesen, gleich darauf eine alleinstehende Frau: Küche und Toilette mußten sich all diese Menschen jetzt teilen, für die Kunstwerke reichte der Platz nicht mehr aus. Eilig ließ Robert T. sich pensionieren, doch seinen Ausreiseantrag nahm die Dienststelle für Inneres beim Rat der Stadt Dresden nicht an: »Verkaufen's erst einmal das Haus«, riet der Beamte dort. Robert T., mittlerweile in heilloser Angst, weil er offen überwacht und bei jedem Schritt wohin von scheinbar desinteressierten Zivilisten zu Fuß und in Fahrzeugen verfolgt wurde, eilte heim – und fand eine Frau im Wohnzimmer, die er als Gattin eines Mitarbeiters beim Rat des Bezirkes erkannte: Sie wolle das Haus kaufen! Die Eheleute faßten es nicht – wer hatte die Frau informiert?

Noch gaben sie nicht auf, doch als sie Verkaufsanzeigen schalten wollten, wurden sie bei der SÄCHSISCHEN ZEITUNG, den DRESDNER NEUESTEN NACHRICHTEN und bei der UNION abgewiesen: Verlegen winkten die Anzeigensekretärinnen ab: »Wir haben Weisung«, und wo sie auch fragten: Niemand hatte Interesse an ihrem Haus. Sie verkauften an die Frau des Bezirksrates für 60000 Mark/Ost, von denen sie nie einen Pfennig sahen: 40000 Mark auf einem familiären Konto verschwanden auf Geheiß der Staatsbank über ein Treuhandkonto und unter Hinweis auf angebliche Steuerschulden spurlos, 20000 Mark dienten zur Umschreibung einer alten Hypothek. »Aber selbstverständlich dürfen Sie ausreisen«, winkte ihnen der Rathausbeamte des Inneren mit den Pässen, als sie ihm den Hausverkauf mitteilten, und noch ehe sie den Sohn informieren konnten, standen ihre Möbel auf der Straße: Beim letzten Blick auf ihr Haus sahen sie auch die Zwangsmieter ausziehen: »Ich«, lächelt der Käufer von damals noch Jahre nach der »Wende«, hab' damit nichts zu tun, ich hatte halt ein Einfamilienhaus gekauft.« Der Käufer hatte ohnedies Glück gehabt: Mit der Währungsunion war die Hypothek auf die Hälfte geschrumpft, und als CDU-Mann gleich danach schon wieder auf der richtigen Seite, war er in den Landtag und dann als Staatssekretär in die erste freigewählte Regierung Sachsens eingezogen. Auch seine Frau hatte solches Glück: Die selbständige Wasserbau-Planungsunternehmerin konnte sich die lukrativsten Aufträge auswählen – und als die Stadt Dresden die erste Kaufwertliste für Grundstücke auflegte, erwies sich das preiswerte Haus als Schnäppchen: 800000 Mark/West betrug der Wert. Eine einzigartige Okkasion, erkauft mit dem totalen Zusammenbruch eines alten Ehepaares. Der Käufer: »Wo liegt das Problem? Wir hatten halt Glück.« »Okkasion? So kann man's nennen«, sagt auch ein Bäcker auf Dresdens Weißer Hirsch, dem schönsten Stadtteil der Elbmetropole. In seinem Haus und Backbetrieb war schon vor dem Krieg und auch in den ersten Jahren danach der beste originale Dresdner Stollen gebacken worden. In den fünfziger Jahren sollte der Betrieb kollektiviert werden, und weil der Meister sich mit der neuen SED-Obrigkeit mehrmals angelegt hatte und nachweisbar wichtige Stollenzutaten bei illegalen Wanderungen über die Demarkationslinie im Westen eingekauft hatte, drohte ihm ob seines Widerstandes eine mindestens zeitweise Festnahme. Kurzum: in Todesangst floh er über Nacht. Sein als Treuhänder berufener Geselle hatte freilich gut gelernt: er buk wie der Meister. Aber weil sich dies nur langsam herumsprach, waren viele Kunden abgesprungen. Also mußten Mitarbeiter entlassen werden, was wiederum ein Glück war: Denn das brachte die Betriebsgröße auf die magische Zahl von zehn Mitarbeitern, die noch für die Selbständigkeit geduldet wurde. Fortan durfte der Geselle selbständig weiterarbeiten.

Irgendwann gelang ihm die Kontaktaufnahme zu seinem Meister und der revanchierte sich für diese Treue des Mitarbeiters, indem er Geld für den Unterhalt des Betriebes und das Hauses schickte und einmal sogar Baumaterial und Geräteersatzteile: Das flog auf, aber der Geselle kam mit einer Abmahnung davon, legte die Meisterprüfung ab und führte das Geschäft weiter. Die »Wende«, bald darauf der erste Besuch des alten Meisters. Sein einstiger Mitarbeiter legte bereitwillig alle Bücher vor, die seine Umsätze, freilich auch die Auslagen für den Unterhalt des Hauses und der Werkstatt dokumentierten, die er in den drei Jahrzehnten aus eigenen Mitteln verauslagt hatte. Der Meister machte eine Gesamtrechnung auf: Die enthielt den Wert des Hauses nach den Einheitswerten von 1938, »macht 40000 Mark!«, addierte aber auch alle Einnahmen und Ausnahmen, »und die liegen deutlich höher!« Und dann schrieb er eine Endsumme in das jüngste Buch: »Haus, Umgriff, Backstube, Laden, Firmenname = 150000 Mark/West.« Zwei Männer haben sich 1994 auf diese Summe geeinigt und haben doch beide gewußt, daß der tatsächliche Wert des Hauses in dieser exponierten Lage des herrlichsten Dresdner Wohnquartiers bei einer halben Millionen oder mehr lag. Der Alteigentümer: »Er war mein Geselle, den ich bei meinen Manipulationen in Gefahr gebracht habe. Er hat mich gedeckt, mir bei der Flucht beigestanden und mich hernach stets informiert. Er hat in meinem Sinne gearbeitet und mir dennoch mein Eigentum gleich nach der Wende wieder offeriert – soll ich solchen Anstand mit Undank vergelten?«

EIN ALTER TOPF MIT JUNGEM DECKEL

Keramik-Rosetten an der Friedrichswerderschen Kirche zu Berlin, gotische Keramikelemente an Häusern im Nikolai-Viertel, eine meisterliche Rosette aus zwanzig passgenauen Keramik-Einzelteilen für die Neubrandenburger Marienkirche, bei 1300 Grad gebrannt: Das alles stammt aus der Werkstatt Hedwig Bollhagen in Narwitz/Brandenburg. Na und? Die DDR-Wirtschaft hatte zahlreiche, teils altbekannte und kunstgewerblich hoch eingeschätzte selbständige Töpfer- und Keramikmeister, und neben den Pulsnitzer Werkstätten mit ihrer Schwämmeltechnik sowie den Keramikern nach Bunzlauer Art kaum einen, dessen Produkte nicht exportiert wurden.

Doch die schon vor dem letzten Krieg gefeierte, freundliche, oft aber auch polternde Meisterin Bollhagen ist Deutschlands älteste Neo-Unternehmerin und kann sich ganz schön in Wut reden: »Meine Arbeiten für Berlins Rotes Rathaus ärgern mich heute noch. Ich hoffte auf Gegenseitigkeit, zumal die Chefs dort meine soziale Einstellung kannten. Aber nein: als ich 1972 gegen die angekündigte Enteignung dort Beistand suchte, war ich gelackmeiert.« Damals hat die energische Chefin den Enteignungs-Vollstreckern lauthals geschworen: »Ich hol' mir meinen Betrieb zurück!« Denn sie zu enteignen war eine besondere Gemeinheit des SED-Regimes, da Hedwig Bollhagen das Unternehmen 1934 ausdrücklich mit dem Ziel gegründet hatte, »Bauwaren des besonderen Bedarfs für jedermanns Geldbeutel herzustellen, formschön, keine industrielle Massenware, niedrig kalkuliert.« Sie hatte das geschafft und war zur begehrten Adresse junger Ehepaare bei der Beschaffung ihrer Erstausstattung geworden, vor allem solcher Bauherren, die sich ihre Häusl eigenhändig bauten, durchweg Menschen mit schmalen Einkommen. Und nie hatte die Meisterin einen potenziellen Kunden abgewiesen, weil die Finanzierung schwierig war. Die SED-Staatsterroristen nahmen diese sozialfreundliche Einstellung der parteipolitisch ungebundenen Frau nicht zur Kenntnis: Wer ein Privatunternehmen besaß, war Kapitalist, egal wie klein das Unternehmen war, gleichgültig, wie die Gründung zustandegekommen war und welchem Zweck sie diente. Gleich nach der Wende, die Währungsunion war noch nicht vollzogen und die Wiedervereinigung erst Programm, war Hedwig Bollhagen bei der Treuhand aufgekreuzt und hatte dort einen Satz protokollieren lassen: »Ich beantrage die Rückgabe meines Betriebes!« Dass die Treuhand sich mit der Rückgabe bis in den Sommer 1992 Zeit lassen würde, hatte die alte Dame nicht vorhergesehen. Doch die Treuhand hatte ihrerseits nicht mit der Geduld und Willenskraft dieser Handwerkerin gerechnet und auch nicht mit deren Entschlossenheit, Fakten zu schaffen. »Unrecht wird durch Recht ersetzt«, kündigte sie der Belegschaft und jenen alten Seilschaften an, die sich das Unternehmen unter den Nagel reißen wollten, dann entließ sie die 45 unproduktiven der 85 Mitarbeiter, um wirtschaftlich beginnen zu können und nicht überschuldet in die Marktwirtschaft zu wechseln. Ihre Stärke waren die beliebten Regelmuster. Die wurden jetzt wieder hergestellt, neue Design entworfen, alle auf dem berühmten Bollhagen-Blau und auf den begehrten Bollhagen-Geometrieformen aufbauend. Dieses Erkennungszeichen, das ihr zwei Jahre vor dem Zweiten Weltkrieg auf der Pariser Weltausstellung eine Goldmedaille eingetragen hatte, war von SED-Bonzen missbraucht worden, die Hedwig Bollhagen das Werk wegnahmen, der Keramikfabrik Rheinsberg zuschlugen und dessen Verkauf in den staatlichen Kunsthandel überführten. Dessen Boss Alexander Schalck-Golodkowski erkannte den Wert der Ware und der Bollhagen-Ideen. Die gingen der DDR nicht verloren, denn die SED-Gauner hatten richtig kalkuliert: als ihr die fernere Mitarbeit und die Designleitung angetragen worden waren, hatte die Ex-Chefin alle Gedanken an eine Ausreise aus dem Kopf geschlagen. Es war ihr Kind, ihr Lebenswerk – sie wollte es nicht verlassen.

Die DDR profitierte durch hohe Deviseneinnahmen von Hedwig Bollhagens Werk und Fleiß.Die Meisterin entwarf in ihrer Privatwohnung neue Design, sie experimentierte in einer Nebenkammer-Werkstätte heimlich mit Farben, Formen und Dekoren, doch nichts davon ging in Serie und niemand machte sich an die Erneuerung des Maschinenparks; verbittert musste die Meisterin zusehen, wie aus ihrer einstmals hochmodernen Werkstätte ein belebtes Museum wurde. Kein Mitarbeiter durfte Stücke in die eigene Wohnung stellen, kein Werksverkauf wurde erlaubt, alles ging in den Export. Und wer alte Bollhagen-Originale besaß, verschwieg dies tunlichst: die Staatsschnüffler hätten sofort zugegriffen. Die Meisterin freilich blieb in Fachkreisen unvergessen. Käufer verbanden ihre Freude an Wand- und Fassadenelementen aus der Werkstätte und an künstlerischen Spezialstücken mit ihrem Namen. Und sie selbst schaffte es, alte Kontakte zu pflegen. So war sie auch über Marktentwicklungen außerhalb der DDR informiert und entschied gleich nach der eigenmächtigen Rücknahme ihres Betriebs: »Wir holen einen West-Manager. Ich bleibe Gesellschafterin und künstlerische Leiterin.« Binnen weniger Monate legte sie tausend neue Entwürfe vor, nie sieht man sie ohne Zeichenblock und selten ist sie später als um 7 Uhr im Betrieb. Wer noch Zweifel hatte, musste bald bestätigen: Das Unternehmen läuft wieder auf Hochtouren.

Juli 1992. Die Treuhand lässt Gegenstände versteigern, die im zusammengebrochenen VEB Keramik Rheinsberg liegengeblieben sind, laut Ausschreibung »Ramsch und Kitsch«. Doch als eine hübsche Vase von 20 auf 800 Mark gesteigert wird, empört sich ein Zufallsbesucher: »Hier werden Antiquitäten hohen Werts verschleudert!« Denn die Vase entpuppt sich als Bollhagen-Unikat und solche sind Spitzenhits internationaler Versteigerungen jenes Jahres. Sommer 1996. Hedwig Bollhagen, mittlerweile 89, kokettiert: »Ich bin keene Künstlerin. Ich mach' Pötte und Tassen.« Dabei grinst sie ein bisschen in sich hinein: Im Dresdner Schloss Pillnitz ist eine Bollhagen-Werkschau der Jahre 1934 bis 1970 samt Vergleichsstücken früher und späterer Jahre eröffnet worden. Besuchermassen und Kritiker sind sich einig: Bollhagen – das ist Welt-Spitzenkunst auf grundsolider Handwerksbasis. Erstmals offenbart die Meisterin, dass alle berühmten Museen der Welt längst Bollhagen-Sammlungen besitzen.

Das Interesse der Meisterin aber gilt der Gegenwart: Kloster Chorin wird restauriert und Bollhagen liefert Baukeramik. Pflanzkübel sind gefragt und die will sie gestalten. »Warum denn nicht? Das war doch 1934 mein Gründungs-Versprechen, für jedermanns Geldbeutel schöne Dinge zu liefern.« Pragmatisch hat sie immer gehandelt und arbeitet sie auch jetzt im Betrieb mit Computer-gestützter Buchhaltung; es geht aufwärts. Blau ist ihre

Lieblingsfarbe, trägt sie darum stets blaugewürfelte Schürzen? Da prustet die alte Dame los: »Blödsinn. Vor Jahrzehnten hab' ich dem Billigstpreis für einen Stoffballen nicht widerstehen können und dann soviele Schürzen genäht, dass die für mein ganzes Leben ausreichen!« Pötte mache sie, lacht sie, aber längst steckt sie wieder voll in der Unternehmer-Verantwortung. Sie stellt mehr Lehrlinge ein, als der Betrieb sich leisten sollte, und wie schon zu DDR-Zeiten nimmt sie nur solche mit bester Allgemeinbildung. »Mitdenkende Kollegen brauch' ich künftig, keine einseitig gebildeten angepassten Dumpfbacken ohne eigene Ideen!« Im Jahr 2001 ist Hedwig Bollhagen gestorben, ihr Werk blüht.

Sonnenblumen

Christina Schäfer war eben 80 Jahre alt geworden, lebte seit 1982 in einem bayerischen Altenheim. Sie war nicht geflohen, sondern nach einem Besuch ihrer Tochter nicht mehr heimgereist. Trotzdem nannten die erz-bayerischen Nachbarn sie »Flüchtlingsfrau«.

Doch weil sie eine immer freundliche, stille Dame war, wurde sie erst geduldet, später respektiert. Wo hatte man dies hierzulande denn schon gesehen: eine leibhaftige Professorin! Christina Schäfer lebte ganz in der Erinnerung. Sie war mit der Tochter nicht mehr klargekommen. Die war Marketingmanagerin jener Pharmafirma gewesen, der Professorin Christina Schäfer die erfolgreichsten Medikamente entwickelt hatte. Die Tochter war der SED beigetreten, hatte sich engagiert, war Reisekader geworden – und nach der dritten Ausreise nicht mehr heimgekehrt, im Westen aber nicht so vorangekommen, wie erhofft.

Ihre Mutter hatte bei ihrer Übersiedlung rasch erkannt, daß es der Tochter mehr um die relativ üppige Pension der einstigen Hochschullehrerin, denn um die kindliche Verbundenheit gegangen war; da war sie ins Altenheim umgezogen und lebte seither total in der Erinnerung: Uhyst, wo sie sich ein Häusl errichtet hatte, ein Sonntag. Das offene Kirchenportal, aus dem die letzten Orgelklänge hinauspurzeln, während Bauern ruhigen Schrittes das Gotteshaus verlassen, die Männer schwarz mit weißen Kragen, die Frauen geblümt gewandet. Sie sind still, denken nach; denn der Pfarrherr hat wieder einmal gewettert: gegen Raffgier, gegen Grenzstreitigkeiten und Überpflügungen, gegen jeglichen Wirtshausbesuch (den er selbst gleich darauf antrit, um am Stammtisch dröhnend Karten auf den schweren Tisch zu schlagen!). Auf dem Kirchplatz haben sich die üblichen Gruppen zusammengefunden, Meinungen sind ausgetauscht worden, ein scheeler Blick auf die neue Kleidung der Nachbarin gerichtet. Und dann sind alle im uralten Erblehngericht gelandet, dem Dorfwirtshaus ... – Schöne Tage, lächelt die alte Frau gedankenverloren in sich hinein. Erinnerungen an Festlichkeiten und Traditionen, längst Gestorbene und jene, die noch leben in all der Angst, die ihnen trotz der Wende geblieben ist. Zwölf Jahre Nazis und dann noch 40 SED und MfS und dazwischen die vier der ersten Nachkriegszeit, da niemand so recht wusste, wie's denn weitergehen sollte.

Ein schönes Bild, das Christina Schäfer beschrieb: Gackernde Hühner, die Dorfhunde, den Bauer, der seine Ernte einfuhr und die Sonnenblumen: schwer, gelb, hoch mit riesigen Blütenständen – was wunder, daß mir bei jeder Nennung des Dorfes Uhyst die SONNENBLUMEN des Vincent van Gogh vor Augen stehen. Alles hat seine Ordnung: Uhyst, das waren drei Kneipen, ein Standesamt, zwei Bäcker, Tischler, Stellmacher, Schmied, Schuster, die Arzt- und eine Tierarztpraxis. Das war auch die Erbfolge vom Vater auf den ältesten Sohn, die Fruchtfolge samt Ackerbrache nach jeweils drei Erntejahren. Uhyst, das war Ordnung auf tausendjährigem Fundament, war auch eine Kirche. Christina Schäfer hatte immer gehofft, ihr Uhyst noch einmal zu sehen, zugleich aber in der Angst gelebt, dort festgehalten zu werden. Denn noch Jahre nach ihrer Pensionierung hatten Rektoren und Parteisekretäre ihrer Uni ihr regelmäßig jeglichen Westkontakt untersagt, da sie Geheimnisträgerin gewesen sei. Natürlich hatte sie gewusst, dass es jedem Studenten der Pharmacie im zweiten Semester gelingen würde, durch eine Analyse Inhaltsstoffe und Zusammensetzungen »ihrer« Medikamente zu klären. Doch die Ermahnungen und die kaum verhüllten Drohungen hatten sich in ihr festgekrallt; sie wagte die Reise nie. Sie starb an einem Tag, an dem sie aufgeregt alle erreichbaren Zeitungen studiert, zahlreiche Beiträge ausgeschnitten und zur Seite gelegt hatte, an jenem 3. Oktober 1989, da in Dresden die Revolution ausbrach, als die Züge aus Prag die Stadt passierten, in denen Flüchtlinge in die Freiheit reisten, die wochenlang die Deutsche Botschaft in Prag besetzt hatten: 40000 Menschen aus Dresden, 40 aus Uhyst, bald mehr als eine Million aus der DDR.

Christina Schäfer reiste in umgekehrter Richtung, fuhr heim: Ihre Angehörigen ließen sie im Frühjahr auf den kleinen Gemeindefriedhof umbetten, und es war gut, dass sie nicht mehr sehen konnte, was aus ihrer Gemeinde geworden war: in Uhyst gab es keine Sonnenblumen mehr. Damals habe ich Uhyst erstmals mit eigenen Augen gesehen. Ein Kirchturm, der zu sehen ist, egal aus welcher Richtung man anreist. Apfelbäume an den Straßen, unter deren Blüten noch die Schrumpel vom Vorjahr hängen, da niemand sie mehr geerntet hat. Es ist eine ungute, ungünstige Zeit: In Sachsen sind 6000 Landfrauen arbeitslos und 25000 in Kurzarbeit, 50jährige chancenlos, noch einmal unterzukommen. Preise verfallen: für die Milch gibt's 49 Pfennig, aber 60 wären nötig, die Kosten zu decken. Niemand weiß, was aus der LPG wird, und erst 300 Bauern in Sachsen wollen noch einmal selbständig werden, nur einer davon in Uhyst. Dorfeinfahrt in ein Häusergewirr in Schieferfarben, auf den Kirchplatz mit alten Linden und Kastanien, an der alten Schule vorüber, die jetzt Kinderheim ist. Schlagerhits tosen aus offenen Fenstern, Gespräche flattern von einer Straßenseite zur anderen, der erste Eindruck: Uhyst ist kein total heruntergekommenes Dorf wie so viele andere unter den 1648 sächsischen.

Aber Uhyst hat keinen Pfarrer mehr, das Erblehngericht als älteste Gastwirtschaft ringsum ist geschlossen: Viel zu hoch war die neue Pacht angesetzt worden; die konnte hier niemand erwirtschaften. Auf den Äckern hat die Frühjahrsbestellung begonnen, sehr zaghaft und nur auf ganz wenigen Flächen, waren doch letztes Jahr Kartoffeln, Rüben, der früher so begehrte Rosenkohl mangels Käuferinteresse schon nicht mehr geerntet worden. Es lohnte sich nicht, es fehlten aber auch die LPG-Arbeiter. Das Schmiedefeuer ist erloschen. Meister Ernst Mickan, 4. Generation: »300 Mark Umsatz im Monat, das hab'ich mir anders vorgestellt; ich müßt'ja verhungern!« Seine Frau, Nullkurzarbeit in der Textilfabrik, hackt Holz. »In Dörfern, die keinen Pfarrer mehr haben, geht's bergab!« Der Sohn brütet: »Wohin soll ich gehen? Hier hab'ich nichts mehr verloren!« Bürgermeister Michael Gesk bekommt kein Geld in die Gemeindekasse und kann nur den Mangel auflisten: Die Leichenhalle fällt zusammen, Kindergarten und Kinderkrippe stehen halbleer, das Kinderheim will niemand haben, die Schulbeiträge sind nicht gesichert, das Gemeindeamt eine Ruine, die Straßen allesamt zerschunden, der öffentliche Personennahverkehr zusammengebrochen, die Feuerwehr mit ihren Uraltgeräten hoffnungslos, im Notfall helfen zu können.

Als sich jüngst eine westdeutsche Firma niederlassen wollte, haben alle, die daheim geblieben sind, aufgeatmet. Aber der Hoffnungsfunken erlosch, als für das Baugrundstück Rückübertragungsansprüche angemeldet wurden -die Entscheidung dauert, die

Firma hat sich verabschiedet. Das Vieh wird verschleudert. Wer zahlt noch 7000 Mark für die einst im ganzen Ostblock gesuchten Uhyster Mastochsen? Dass Viehhändler immer häufiger nachts auftauchen, erklären sich überflüssige Ex-LPG-Mitarbeiter so: »Die haben uns so beschissen, daß sie Prügel fürchten. Jetzt ziehen sie die neuen LPG-AG-Bosse über den Tisch.« Winziger Lichtblick: Klemptnermeister Karlheinz Hetzte hat soviel Aufträge, daß er zwei Gesellen behalten kann. Wie er haben 60 Prozent aller Uhyster CDU gewählt, wollen daran aber nicht mehr erinnert werden: »Was da so alles versprochen worden war.« Und weil die Jungen »weggemacht« haben, sind die Alten unter sich und haben jede Menge Zeit, zu diskutieren: Ungeduldig, weil sie fühlen, wie wenig Zeit ihnen bleibt und daß ihnen die Kraft fehlt, das Ruder herumzureißen.

Die Ex-LPG-Mitarbeiter, ältere unter ihnen einstmals schon selbständige Bauern und durchaus nicht alle freiwillig in die LPG gegangen, dann aber im Laufe der vierzig Jahre ganz zufrieden mit einem Zustand, der ihnen viel Freizeit, relative Selbständigkeit und vor allem einen ungewöhnlich hohen Lebensstandard gesichert hatte, die LPG-Bauern gehen bedächtig herum, beurteilen den Zustand der bebauten Äcker, stopfen sich bedächtig ihre Pfeifen -und reden über Wolfgang Zscherper. Der ist Agraringenieur, hat die Tierproduktion geleitet, nicht ohne Erfolg. »Die LPG«, hat er den Bauern gesagt, »die zerfällt in vernünftige Teilgrößen; wenn wir uns zwei Jahre oder mehr Mühe geben und Zeit lassen, retten wir diese Größen und damit viele Arbeitsplätze.« Die Bauern haben genickt, Zscherper hat dann 1096 Hektar zusammenhalten können und ihren Alteigentümern 100 Mark Pacht für den Hektar versprochen. Dabei ist ihm der Schweiß über's Gesicht gelaufen: Was, wenn einer den Bauern verrät, dass die EU 400 Mark für die Stillegung bietet? Zscherper hat das gewusst und gemeint, daß man darauf keine Zukunft aufbauen kann, »aber«, hat er gesagt, »auf unserer wirtschaftlich sinnvollen Größe mit einer gesunden Tierproduktion kann man eine Zukunft aufbauen, werd's es schon sehen, wenn's mir die zwei Jahre Zeit laßt.« Dabei ist nur noch für 64 Mitarbeiter Platz geblieben und der schon eng, die Hälfte des früheren Stabes, weshalb die Bauern schimpfen, daß der Freistaat sie im Stich gelassen habe, die EU auch, Bonn sowieso, und, dass die alten Seilschaften alles hemmen, auch die Uhyster Seilschaften, und wie's denn gekommen ist, daß die 64 Mitarbeiter jetzt alle LPG-Gesellschafter oder gar Aktionäre sind, von denen einige noch ins Gras beißen müssen. Und da nix Genaues zu eruieren ist, enden alle Bauernaussprachen mit dem Hinweis hinter vorgehaltener Hand, dass da halt eben die speziellen örtlichen Seilschaften im Spiel sind, genau wie früher. »Was die Niederländer und Franzosen, unsere bayerischen Nachbarn und die norddeutschen Junker können, schaffen wir auch«, feuert Zscherper »seine« Bauern an und es klingt wie das Pfeifen im Walde. Doch er hat sich auf eigene Kosten überall in der EU umgeschaut und wirbt: »Die EU erwürgt uns nicht und läßt uns nicht verhungern; wir schaffen's, brauchen nur Zeit!« Aber da ist ja auch noch Manfred Peise.

1945 ist der ins Dorf gekommen, vertrieben aus Schlesien, ein Nichts, ein Habenichts und darum ein Niemand in Uhyst. Als Knecht hat er zu arbeiten begonnen, aber dann die Tochter des größten Bauern geheiratet, was ein Skandal gewesen war. Denn Land kommt zu Land hieß hierorts die Regel, an die sich Manfred nicht gehalten hatte und auch nicht die Christa. Selbst der Pfarrherr hatte missmutig geschaut, als er die Trauformel sprach. Und zur Bauernhochzeit sind alle nur gegangen, um zu sehen, wie die Traditionen einfach über Bord geworfen wurden – ein anhaltender, wenn auch letztendlich recht feucht-fröhlicher Dorfskandal.

Als die Landreform kam, war's eh aus, waren Manfred und auch seine Christa Peise Habenichtse und Niemande: Jetzt von der allgegenwärtigen, allmächtigen Partei ins Nichts gestoßen. Ihre Hochzeit war die letzte große Bauernhochzeit in Uhyst gewesen – welch ein Symbol des Übergangs, den die SED als einen glückhaften, gerechten, demokratischen Neuanfang gepriesen hatte, während doch alle miterlebt hatten, dass nicht allein die Peises sich bis zuletzt widersetzt hatten und trotz Haft ohne Urteil ungebrochen heimgekommen waren: Da hatte ihnen nichts mehr gehört, wiewohl sie um der Optik willen und weil in westlichen Zeitungen das Gegenteil behauptet worden war, nie aus dem Grundbuch gestrichen worden waren. Respekt, murmelten freilich so manche scheinbare Parteigänger der Kommunisten: Manfred Peise und seine einst so reiche Frau hatten sich nicht unterkriegen lassen und waren als Arbeiter der LPG sowohl auf den Äckern, als auch in der Tierproduktion erfolgreicher als die meisten anderen, auf SED-Befehl jedoch nie befördert oder gar ausgezeichnet worden. Jetzt schütteln die Uhyster die Köpfe – Peises sind endgültig übergeschnappt: Neid? Hochachtung? Richtig ist nämlich, dass die Peises ihr Land aus der LPG herausgelöst haben und die Eigenbewirtschaftung läuft: Er über 60, seine Frau kaum jünger, beide Söhne und deren Frauen dabei, als hätten sie's nie anders gekannt. Sie richten ihr Haus, bestellen alle Äcker, und sind entschlossen, noch einmal eine alte Regel zu missachten: Nicht der älteste, sondern der zweite Sohn übernimmt. Andreas, 24, ist Schmied: »Das bin ich gern, aber freier Bauer wollt'ich immer schon werden.« Sie haben mehr als hundert Hektar beisammen, Vieh angeschafft und Saatgut erworben, streiten mit der LPG noch über die Verteilung der Maschinen für die Ackerbearbeitung und die Ernte, leben aber auf.

Ich habe Uhyst gesehen, aber das Christina Schäfers nicht gefunden. Der Bürgermeister war grad mit einem Arzt unterwegs, der über eine Niederlassung nachdenkt, zuvor hatte das Kirchenamt angerufen: »Wir hätten da vielleicht einen Pfarrer.« Und weil wieder mehr Kinder in den Kindergarten angemeldet wurden, könnte der Gemeinderat ja darüber nachdenken, ob die Nullkurzarbeit für die meisten der Kindergärtnerinnen aufgehoben werden könnte. »Sie haben die Professorin Schäfer gekannt?«, hat Christa Peise gefragt, und sie ist ganz hektisch geworden: »Das war doch die mit der Freud' an Sonnenblumen!« Und ihr über die alten Dorfgeschichten und jene der Dörfler gut informierter Sohn Andreas, der künftige Großbauer, hat mir nachgerufen: »Schaun's doch im nächsten Herbst mal her. Ich versprech's: ich säe wieder Sonnenblumen aus, ein ganzes Feld!«

Ein Richter, ein Kinderwunsch und ein schrecklicher Tod

Der junge F. hörte ihn täglich von seinem Vater, dem Volksrichter F. blieb dessen Leib-und Magenspruch zeitlebens im Gedächtnis: DEIN LEBEN LIEGT IN DEINEN HÄNDEN! F., der Sohn eines Deutsch-Nationalen, der mit fliegenden Fahnen zu den Völkischen übergelaufen war, stellte diesen Satz nie infrage, sondern missachtete ihn schlicht.

Er wurde Hitlerjunge und schied aus der NSDAP aus, als sich seine Wehrmachtskarriere anbahnte, sah die Juden-Erschießungen in Babi Jar und wendete sich auch an anderen Mordorten deutscher Soldaten mit Grausen ab. Doch er unternahm nichts, dieses grauenvolle Massenmorden zu beenden. Als er 1943 in sowjetische Gefangenschaft geriet, ließ sich Major F. von der ANTIFA anwerben, arbeitete dort aktiv mit und durfte schon 1945 heimreisen. Sibirische Bergwerke, in denen Tausende seiner Kameraden krepierten, hatte er nur einmal gesehen, als er zusammen mit Walter Ulbricht das Umschulungsprogramm der Sowjets und der ANTIFA dort propagierte. In Ostberlin trat er der SED bei, wurde beim Freien Deutschen Gewerkschaftsbund (FDGB) Rechtsstellenleiter und alsbald als Jura-Talent entdeckt: Prompt schickten ihn seine Vorgesetzten in einen Schnellkurs nach Babelsberg, den der Ex-Nazi und auf Adolf Hitler vereidigte Ex-Major F. nach sechs Monaten als Volksrichter beendete.

1946 hatte er eine junge Sudetendeutsche aus Pilsen kennengelernt. Erika wirkte verstört und hilfsbedürftig und wies seine ersten Annäherungsversuche ab. Weil F. aber nicht stürmisch um sie warb, sich andererseits nicht abwimmeln ließ, mehrten sich ihre Treffen. Nach einem Jahr bestellten sie das Aufgebot, abends zuvor sprachen sie sich aus: Erika erfuhr, dass ihr Bräutigam aufgrund einer Kriegsverletzung nicht mehr zeugungsfähig war, F. hörte von grausigen Erlebnissen seiner Braut, die bis 1938 in Pilsen mit einem Juden zusammengelebt hatte und von ihm schwanger war: »Gestapo drang ins Haus ein, prügelte meinen Bräutigam vor meinen Augen halbtot und verschleppte ihn in ein KZ; ich hörte nie wieder etwas von ihm. Mich traten sie gezielt so zusammen, dass ich mein Kind verlor und keine mehr bekomme.« 46 Jahre danach bekannte F. in seinem Abschiedsbrief: »Wir wünschten uns Kinder so sehr, besprachen auch Adoptionsmöglichkeiten. Doch der staatliche Begriff vom ›Kindersegen‹ stand unserem diametral entgegen. Wir verzichteten.«

F. war und blieb Opportunist. Als 1950 die WALDHEIMER PRO-ZESSE begannen, eine Gewaltorgie, in der die SED 3500 angebliche Kriegsverbrecher verurteilen ließ, 36 davon zum Tode, ordnete sie den Volksrichter F. zu diesem Gericht ab. Die Opfer waren unmittelbar nach Kriegsende von den Sowjets festgenommen worden: teils aktive NS-Genossen, viele auch straffällig. Doch weil bei den Sowjets eine einmal gemeldete Zahl unverrückbar war, hatten Wachsoldaten als Ersatz für geflohene oder gestorbene Häftlinge wahllos Menschen auf Straßen irgendwo in der SBZ festgenommen, darunter junge ab 13 Jahren, denunzierte, will-kürlich gefasste, die flugs als »Wehrwölfe« angeklagt wurden. Daß sie so zahlreiche »Wehrwölfe« präsentierten, war das schreckliche Ergebnis einer NS-Propaganda, der die Sowjets erlegen waren. Das erste Verfahren in Waldheim richtete sich gegen einen NS-Staats-anwalt, der selbst zahlreiche Todesurteile beantragt hatte, in einem Falle wegen Abhörens von Feindsendern. Richter F. stimmte in diesem Falle gegen das Todesurteil: »Mir scheint die Sache nicht völlig aufgeklärt, ich lehne auch a-tempo-Verfahren ab!« Er wurde überstimmt, gleich anschließend von einem SED-Beauftragten be-lehrt, was gewünscht wurde: Minutentakt, kein Urteil unter zehn Jahren, keine Verteidigerzulassung, Anklageschriften nicht länger als fünf Seiten. Richter F. strich die Segel und funktionierte fortan wie verlangt.

Nach WALDHEIM machte F. Karriere und wurde in den Regel-beurteilungen so qualifiziert: »Genosse F. urteilt im Sinne der Par-teitagsbeschlüsse, entzieht sich aber seinem gesellschaftlichen Um-feld.« Daß er zur Nomenklatura gehörte, behagte ihm. Er wurde besser versorgt und hervorragend bezahlt, durfte häufig reisen, las westliche Zeitungen und Zeitschriften, die ihm in versiegelten Pa-keten übergeben wurden, und er durfte sich eine Wohnung nach seinem Gusto aussuchen. Urteilsvorschriften nahm er zur Kennt-nis, hielt sich aber nicht immer buchstabengetreu an sie. Doch da seine Urteile parteiisch im Sinne des SED-Regimes waren, wurde er in allen Ehren in den Ruhestand verabschiedet. Worauf sich die Eheleute F. nach Dresden zurückzogen und in ihrer Dreiraumwohnung im einem innerstädtischen Plattenneubau regelrecht untertauchten.

Die »Wende« schwemmte einen verbitterten, rachedurstigen Mann aus Westdeutschland nach Waldheim: Benno P., als 13-jähriger in Sowjethaft und dann in Waldheim gelandet. Aufgrund einer Denunziation waren er und drei seiner Freunde auf einer Dorfstraße ihrer mecklenburgischen Heimat festgenommen, durch mehrere Haftanstalten geschleppt, dann den DDR-Behörden übergeben worden, die sie in Waldheim als »Wehrwölfe« anklagten.

Benno P. hatte in der Waldheim-Haft Leiterbahren schreinern müssen, auf denen die Todesopfer weggetragen worden waren: 24 armselige Gehenkte, denen pervertierte Henker zusammengerollte Betttücher nach Art der spanischen Garotte um den Hals gelegt und zugedreht hatten. Benno P. hatte alles in seinem Gedächtnis gespeichert, war nach vier Jahren in den Westen entlassen und dort vom BGS eingestellt worden. Er war pensioniert, präsentierte in Waldheim nun aber forsch seinen BGS-Ausweis – ein Glück: Dank seines Zugriffs konnten die schon zur Vernichtung bestimmten WALDHEIM-AKTEN gerettet werden. Sie enthüllten noch mehr Grausamkeiten, als Benno P. sie in quälender Erinnerung gehabt hatte.

Ein Henker, den P. in Dresden ausfindig machte, hatte in seinem Bericht offenbart: »Manchmal lockerten wir die Laken, damit die Verbrecher noch ein wenig länger zappeln konnten.«, und er, der später Häftlingen Lebensmittel stahl und, ertappt, selbst einige Zeit inhaftiert wurde, hatte entsprechende Zeichnungen angefertigt. Benno P. las: 25 der 36 Todeskandidaten waren den Henkern zugeführt worden, einer vor Angst einem Herzinfarkt erlegen, 24 erwürgt worden, nacheinander in einem winzigen, niedrigen Raum der Haftanstalt, die Toten übereinandergelegt, so dass die jeweils folgenden sie bei ihrem langen, schrecklichen Sterben vor Augen hatten. SED-hörige oder erpreßte Ärzte hatten freierfundene Todesursachen bescheinigt. Elf Todeskandidaten waren zu lebenslanger Haft begnadigt worden.

Benno P. machte sich auf die Suche. Und er fand den furchtbaren Volksrichter i.R. F., dokumentierte das Leiden der Häftlinge und die Karrieren der Richter. Im Frühjahr 1992 holte die Vergangenheit den Richter F. ein. Polizisten präsentierten ihm einen Haftbefehl, vier Tage darauf war er wegen Altersbeschwerden wieder daheim. Seine Mitwirkung an den Prozessen und Urteilen hatte er eingeräumt; seine Unterschrift in zahlreichen Akten legten diese Bestätigung nahe. Zu einem Satz später Reue konnte er sich nicht durchringen: »Befehlsnotstand« machte er geltend.

Doch wieder daheim, nahm der mittlerweile 76jährige F. erstmals sein Leben in die eigenen Hände. Er schrieb nieder, was ihm zu seiner Entlastung einfiel, seine Frau Erika beschrieb ebenfalls handschriftlich ihr Leben. Im gemeinsamen Testament vermachten sie ihr Gesamtvermögen im Wert von 100000 Mark/West dem UNICEF-Kinderhilfswerk, packten ihre Niederschriften, Bank- und Wohnungsschlüssel und das Testament in getrennte DIN-A4-Kuverts, adressierten die penibel, legten in einem auffällig plazierten Brief alle Details ihrer Beerdigung fest.

Und dann öffneten die alten Eheleute das Fenster des straßenseitigen Wohnzimmers ihrer im 12. Obergeschoß liegenden Wohnung am Pirnaischen Tor in Dresden. Sie schwangen sich auf die Fensterbank. Mit einem letzten Blick auf die strahlende Morgensonne, die das Haus aus dem Schatten riß und seine Fassade wie ein Spotlight ausleuchtete, faßten sie sich an den Händen und ließen sich fallen.

Begegnung

Es war ein schöner Tag im Mai, ein herrlicher Tag in Dresden. Rosemarie M. aus München hat mit Herzklopfen vor dem alten Haus an der Wilhelm-Franke-Straße 12 gestanden: Sie wollte es zurückhaben, hatte einen Architekt mitgebracht. Weiche Luft, blauer Himmel in Dresden-Süd/Ost. Apothekerin Fränze H. war glücklich: Der Umbau hatte begonnen, alle Papiere waren da, alle Zusagen des Vermögens-,Ôdes Bauamtes und der Gebäudewirtschaft. Bauarbeiter radelten Abbruchmaterial aus dem Haus, trugen Beton ein, Bauholz, Farben. Wenige Wochen, und die Apotheke würde ein Schmuckstück sein.

Schulden? Natürlich. Doch Fränze H. war sicher: Ich pack's! Sie trat vor's Haus, atmete tief durch. Und sah Alteigentümerin M. und den Architekt. Die Dresdnerin aus München, vor drei Jahrzehnten freiwillig gegangen, aber zweifelsfrei berechtigt, ihr Haus zurückzufordern, war blass geworden: Bauleute? Sie hatte nichts davon gewusst, war nicht gefragt worden. Die Ärztin hatte eigene Pläne für das Haus. Und sie hatte innerlich noch nicht verkraftet, wie man vor der Ausreise mit ihr und danach mit dem elterlichen Eigentum umgegangen war: Am 23. August 1989 war die Enteignung endgültig in das Grundbuch eingetragen worden, hatten DDR-Behörden ihr das Haus endgültig weggenommen, das all' ihre Kindheitserinnerungen, Leben und Werk der Eltern barg. Und sie hatte den Rückgabeantrag sofort gestellt, streng nach Gesetz: Kein Zweifel, das Haus gehörte ihr, wenn auch noch nicht grundbücherlich festgeschrieben; niemand hatte ihr dort irgendein Recht voraus.

Aber auch Fränze H. war sicher, rechtsgültig gehandelt zu haben. »Es gibt keinen Rückgabeantrag«, hatte das Vermögensamt ihr mitgeteilt. Und im November 1990 hatte ihr die Treuhand das Apothekenrecht verkauft, worauf die Gebäudewirtschaft ihr einen langfristigen Mietvertrag unterschrieb. Erst der hatte ihr die Sicherheit gegeben, sich verschulden zu dürfen; der Umbau war unumgänglich. Um nichts in der Welt hätte sie einer anderen Frau das Haus weggenommen. Als sie einen Kaufantrag für das Haus stellte, schrieb ihr die Behörde im April 1991: »Es fehlen noch einige Unterlagen, dann geht alles in Ordnung.« Jetzt, inmitten der Baustellen-Unordnung brach es aus Rosemarie M. heraus: »Wie kommen Sie dazu, mein Haus umzubauen?« Fränze H., die instinktiv erkannt hatte, dass da ein Unglück auf sie zukomme und sich zusammenreimte, wer die Frau vor ihr war, gab bedrückt zurück: »Ich will mir doch nur etwas Eigenes aufbauen!«

Die Dresdnerin aus München fühlte Wut und Mitleid zugleich in sich aufsteigen, brach das Gespräch ab: Sie hatte eine Erdgasheizung einbauen lassen wollen, sah, dass die Apothekerin eine Ölheizung eingebaut hatte, fürchtete unnötige Kosten und reagierte mit Einstweiligen Verfügungen. Der Bau wurde gestoppt, es gab Androhungen von Zwangsgeldern für den Fall illegalen Weiterbauens.

Fränze H. geriet in Panik. Der Apothekendienst in einem Hinterraum entsprach nicht den Sicherheitsvorschriften: Der Umbau musste vollendet werden, wollte Fränze H. nicht den Entzug der Apothekenzulassung riskieren. Überdies waren Kosten aufgelaufen, mussten Zinsen erwirtschaftet, Mitarbeiter bezahlt werden. Ihr Pech: ihr Rechtsanwalt, soeben aus der Ost- in die West-Anwaltsliste eingetragen, erwies sich als unsicher, ermunterte sie, weiterzubauen und die Einstweiligen Verfügungen zu missachten. »Die Münchnerin ist ja noch nicht Eigentümerin!« Das war richtig und falsch: Für den Fall der Rückübertragung des Hauses an die Alteigentümerin war der Verlust aller bis dahin geleisteten Vorarbeiten und Vorkosten zu Lasten der Fränze H. vorhersehbar. Niemand würde ihr die freiwillig ersetzen. Und das Kreisgericht Dresden entschied zugunsten der Rosemarie M.: Nur eine Notgeschäftsführung sei noch erlaubt, der Apotheken-Eingang dürfe gesichert werden. Hin- und hergerissen zwischen Hoffnung und Verlorenheit, zwischen unklaren Rechtsauslegungen und der Empörung, von trotzdem unangreifbaren Behörden hereingelegt worden und ruiniert zu sein, geriet die Apothekerin in Untergangsstimmung. Vergeblich suchte sie das Gespräch mit der Alteigentümerin. Nicht minder verbittert, ließ die mitteilen: »Sobald die Rückübertragung rechtskräftig ist, wird auf Räumung geklagt!«

Fränze H. und Rosemarie M. einigten sich im Berufungsverfahren. Der Umbau durfte vollendet werden. Doch Forderungen an die Ärztin wurden ausgeschlossen. Wenn Fränze H. das Haus räumen müsste, bliebe ihr nur der steinige Weg der Schadenersatzklagen gegen Dresdner und Bundesbehörden – Erfolg zweifelhaft!

Mittlerweile haben sich die Gemüter beruhigt. Rosemarie M. legte Fränze H. einen langfristigen Mietvertrag vor. »Nicht so billig wie bisher, aber finanzierbar«, wie versprochen, »die Frau ist zwar meine Kontrahentin, aber nicht meine Feindin.« Und sie ahnt: »Auch die Apothekerin hat sicher viel durchgemacht.« Doch wenn von den Behörden die Rede ist, flippen beide Frauen aus. »Schlamperei, Gaunerei« – so lauten noch ihre harmlosesten Kennzeichnungen. Weil Rosemarie M. niemandem mehr traut, hat sie der Apothekerin zuerst gekündigt und dannach über eine Zusammenarbeit mit ihr verhandelt. Bis dahin verging viel Zeit: Von 40000 Rückübertragungs-Anträgen allein in Dresden waren nach einem Jahr erst 1000 erfolgreich abgeschlossen – die Behörden ließen sich unerlaubt viel Zeit.

Derweil schwebte Fränze H. zwischen neuer Hoffnung und tiefer Mutlosigkeit: Würde sie ihre Zinsen und die Tilgungsraten erwirtschaften können? »Ich musste um jeden Preis durchhalten«, sagt sie. »Was blieb mir denn sonst?!«

DER BUNDESDEDEKTIV

In der Psychiatrie der Oberpfalz dämmert Werner K. vor sich hin. Es gibt Wochen, da ist er unauffällig, ansprechbar und wild entschlossen, die Anstalt zu verlassen. Doch daraus wird nichts, denn jene Wochen, in denen sein Geist völlig abtaucht, werden immer häufiger. Und selbst seine Frau, die ihn gestützt hat, solange sie in seinen Gedanken noch vorkam, kann dann nicht mehr in seine krude Gedankenwelt eintauchen – niemand kann es, wenngleich Ärzte und Pfleger mittlerweile seine Geschichte kennen: Eine nicht alltägliche, aber auch nicht untypische DDR-Geschichte.

1937 hatte Werner K.s Vater in Freital eine Auto- und Auto-Elektrowerkstatt gegründet, die er noch 1945 beträchtlich ausbaute, unbehindert, obwohl er NSDAP-Mitglied gewesen war. Als aber seine Werkstatt trotz aller Schwierigkeiten in der DDR aufblühte, weckte das den Neid von Kollegen, die in den sechziger Jahren plötzlich die vergilbte NS-Akte ans Licht zogen. Das war, als willkürlich selbst kleinste Handwerksbetriebe verstaatlicht wurden, zusammengefasst in Kooperativen zum »großen Sprung« über die kapitalistische West-Konkurrenz hinweg, der kläglich misslang und dabei nie wiedergutzumachenden volkswirtschaftlichen Schaden anrichtete.

Werner K., 1950 geboren, erlebte den innerlichen Zusammenbruch seines Vaters und zitterte mit, als der die Aufregungen kaum überstand. Noch hielt der Vater durch, doch kaum hatte Sohn Werner seine Gesellenprüfung bestanden, nahm sich der Vater das Leben. Der Sohn trat der CDU bei, »weil ich gesellschaftlich nicht ins Abseits geraten wollte«, dann nahm er den Fehdehandschuh auf, den Neider in den Ring geworfen hatten: Am Grab des Vaters unterbrach er die Rede jenes Obermeisters, der seinem Vater so hart zugesetzt hatte, und er nannte diesen Parteigenossen einen Lügner. Den Bürgermeister, in das Komplott verwickelt, wies er lauthals vom Grab. Werner K. gründete den Betrieb neu, stellte aber nie mehr als elf Mitarbeiter ein – so war er sicher, selbständig bleiben zu können. Es ließ sich alles ganz gut an: Er bestand die Meisterprüfung als Kfz-Elektriker, gewann die NVA als Kundschaft, betreute sie so gut, dass deren Offiziere ihn vor heftigen Angriffen der Konkurrenz schützten. In der CDU freilich verschreckte er satte Funktionäre mit Angriffen auf SED-Bonzen, sie drängten ihn an den Rand, so dass Werner K. zur Karteileiche wurde, womit er sich zufrieden gab. Sein Unglück begann, als der begeisterte Fußballer Werner K. den Schiedsrichterlehrgang erfolgreich beendete. Auf dem Sportplatz, so glaubte er, galten Sportregeln und nichts sonst, hier gab es keine Bonzen, und als Schiedsrichter war er der Boss und niemand sonst – Werner K. konnte oder wollte die DDR-Realität nicht zur Kenntnis nehmen. Als er in Dippoldiswalde ein Verbandsspiel pfiff und nach Ruppigkeiten einen Spieler vom Platz stellte, bellte der: »Ich bin Polizist und du wirst büßen!« Werner K. lachte, doch tags darauf büßte er: Als er einen NVA-Truck von seinem Werkstattgelände zum Abstellplatz auf der gegenüberliegenden Straßenseite steuerte, hielt ihn eine Vopo-Streife an. Werner K. hatte keinen Führerschein in der Tasche, saß eine ganze Nacht ein, zahlte 300 Mark Buße und verdankte es nur dem NVA-Kontakt, dass man ihm den Führerschein (noch) nicht nahm. Von nun an absolvierte er keine Werkstatt- und auch keine Privatfahrt ohne Polizeikontrollen. Trotzdem wurde ihm wenig später völlig überraschend ein Besuch seiner Mutter erlaubt, die in den Westen umgesiedelt war.

Werner K. hielt sich zwar strikt an die Terminbestimmungen, nahm aber Kontakt zu westdeutschen Fachfirmen auf, um Werkzeuge und Geräte zu bestellen, die ihm die Mutter bezahlen wollte. Gute Idee, aber unüberlegte Handlung: weil ihm die Kundenbüros der Firmen Prospekte schickten und den Kontakt bestätigten, geriet er ins Fadenkreuz der Stasi, und als er tags nach seiner Heimkehr mit einem NVA-Fahrzeug etwas zu schnell durch Freital brauste, fiel er jenem Vopo in die Hände, den er seinerzeit vom Platz gestellt hatte: Der schaltete sich mit dem Kfz-Obermeister kurz, befragte auch andere Gegner K.s, setzte die Stasi geschickt mit ein – Werner K. schien geliefert. Doch Ende März 1988 bekam er eine Warnung: »Kommende Nacht bis du dran, der Haftbefehl ist schon da!« Sein Glück: Wegen einiger Feiertage unmittelbar nach seiner Rückkehr von der West-Reise hatte er seinen Pass noch nicht abgeliefert. Jetzt setzte er alles auf eine Karte, und weil die Grenzbeamten nicht so ganz genau hinschauten, übersahen sie, dass die

Ausreisegenehmigung längst abgelaufen war – Werner K. entkam in den Westen. Er trat in die CSU ein, wurde Schiedsrichter in der Oberpfalz, erwies sich als fleißiger Parteiarbeiter und fand Arbeit in einem Fachbetrieb. Die Wende, Maueröffnung in Berlin, neue Übergänge in den Westen. Am 10. November 1989 rückte Werner K. in Freital an, ging wie selbstverständlich in seinen Betrieb. Der war nach seiner Flucht unter Treuhandverwaltung gestellt worden, geleitet von einem Mitarbeiter des ärgsten Konkurrenten, der durchaus nicht kampflos weichen wollte. Da er auch Werner K.s Wohnung bezogen hatte, setzte der ihm eine Räumungsfrist von drei Tagen, während er zwischenzeitlich in Regensburg einen Campingwagen kaufte und den auf dem Betriebsgelände als Notwohnung aufstellte: Den verhassten Nutznießern seines Betriebs wurde er so zur leibhaftigen Bedrohung, die tatsächlich die Räumung beschleunigte.

Doch die kurze Ausreise nach Regensburg erwies sich als schwerer Fehler: Als Werner K. endgültig wieder ein seinen Betrieb einzog, fand er ihn ausgeräumt. Geräte und Werkzeuge im Werte von 300000 West-Mark waren verschwunden. Werner K. tobte, griff den Obermeister seiner Innung als Schadensverursacher heftig an, und da er ihn alsbald als Stasi-Spitzel überführen konnte, nahm sich der das Leben. Noch während Werner K. und einige loyale Mitarbeiter (vergeblich) nach den Geräten und Werkzeugen suchten, erfuhr er von der Staatsbank der DDR, dass die Wirtschaftsabteilung des SED-Bezirkes Dresden bald nach seiner Flucht seinen Betrieb willkürlich mit über 500000 Mark/Ost Hypothekschulden belastet hatte. Dieser Schock löste psychopathische Reaktionen des Werner K. aus: der Choleriker tobte in Anwalts- und Staatsanwälte-Büros, bei der Treuhand und im Vermögensamt Freitals, in Banken, Ministerien, Parteibüros und bei der Handwerkskammer. Vergeblich: die Bürokratie kam mit der Aufarbeitung zahlloser Unrechtsfälle nicht nach. Und noch war die Wiedervereinigung nicht vollzogen, so dass alte Seilschaften im Willkürsinne des SED-Staates fortfahren konnten und dies ungeniert auch taten.

Noch einmal gewannen seine Konkurrenten die Oberhand, diesmal, ohne dass Werner K. dies vorhersehen konnte, endgültig: Rote Seilschaften erreichten, dass ein westdeutscher Konzern nicht Werner K., dem langjährigen Kunden und Opfer von Schlamperei in den Kundenbüros des Konzerns, sondern dessen schärfsten Konkurrenten die Lizenz für den Auto-Elektroservice übertrug. Die Werkstatt K. war so aus dem Rennen, Kredite zur Neuanschaffung von Spezialgeräten und – werkzeugen gab es aufgrund der angeblichen Überschuldung auch nicht. Werner K. entschloss sich, wieder in die Oberpfalz auszusiedeln, um von dort aus den Kampf um seinen Betrieb aufzunehmen.

Die Zeit verging, die Aktenberge wuchsen. Derweil wurde der Betrieb zwar endgültig auf Werner K. zurück übertragen, gleichzeitig aber auch total ausgeplündert; nichts blieb zurück, weder Papiere noch Werkbänke noch Werkzeug; sogar die Wohnung war bis auf den letzten Nagel ausgeräumt. Werner K. verlor die Gewalt über sich selbst. Er zerstritt sich jetzt auch mit seinen oberpfälzischen Fußballfreunden, sah überall Gegner, schrieb vogelwilde Briefe an Bayerns Ministerpräsident, Bundeskanzler Helmut Kohl, an den langjährigen CSU-Minister, der sein Anwalt war und sich so gut wie möglich eingesetzt hatte, ohne freilich zu erkennen, dass er von K.s Gegnern nach Strich und Faden ausgetrickst wurde.

Werner K. bedrohte jeden, der ihm im Wege stand, ernannte sich mit einem gefälschten Brief des CSU-Chefs Theo Waigel und einer aufkopierten Unterschrift des bayerischen Ministerpräsidenten zum »Bundesdetektiv«, schlich sich bei offiziellen Veranstaltungen und Empfängen unter die Gäste und forderte dort jeden, der ihm über den Weg lief, zum Beistand auf. Sein Geist verwirrte sich immer mehr – derweil gingen sein Grundstück, die Werkstatt und das Wohnhaus den Bach runter.

Der Millionen-Besitz in Freital wurde zur Zwangsversteigerung ausgeschrieben, doch niemand konnte Werner K. helfen: Der unterschrieb zwar immer neue Einigungsverträge, die sein Anwalt mühsam ausgehandelt hatte, der seinen Mandanten unter Hinweis auf die gemeinsame CSU-Mitgliedschaft und das Werner K. in der DDR nachweislich geschehene Unrecht kostenlos vertrat. Doch kaum war die Tinte getrocknet, widerrief Werner K. diese Einigungen. Sein Anwalt resignierte. Vergeblich versuchte er, das Leben Werner K.s in ordentliche Bahnen zu lenken und mindestens einen Teil des Vermögens zu retten. Er stieß auf die Gegner, konnte sie aber nicht fassen, ahnungslos über die Macht der alten Seilschaften, in deren Netz Werner K. zappelte. Und es war dieser hilfsbereite Anwalt, der Werner K. das Asyl in der Psychiatrie verschaffte. Immer häufiger hatte sich sein Mandant mit Briefen zur Wehr gesetzt, die die aufkopierte Unterschrift des Anwaltes trugen, immer häufiger sich unter dem Namen dieses Anwalts am Telefon gemeldet, ihn Tag und Nacht in seiner Privatwohnung aufgesucht, um die immer krauseren Geschichten einer Verschwörung zu diskutieren, die niemand mehr verstand.

Werner K. zerbrach. Und niemand kann ihm helfen. Der Vopo, der dieses Leiden ausgelöst hat, lebt immer noch in Freital. »Schlimme Zeiten hab' ich überstanden«, sagt er, erinnert sich des Werner K. auf Anhieb: »Der Verrückte vom Fußballplatz, der sich so schlau fühlte und mit mir anlegen wollte; der hat's doch nie richtig im Kasten gehabt.« Ex-Vopo L. hat die Wende überstanden. Zwar war er, der heute noch stolz darauf ist, »wie ich Werner K. zahlreiche Ordnungswidrigkeiten nachweisen konnte«, 1988 zur Kripo versetzt und dort im K 1 eingesetzt worden, dem politischen Kommissariat. Doch profitierte er vom Geschick seines Vorgesetzten, der als Rechtsberater in die CDU-Mannschaft eines Großstadt-Rathauses gewechselt war und von dort aus den Verdacht zerstreute, ALLE K 1-Mitarbeiter seien Stasi-besoldet gewesen: »Wenn's der Chef nicht war, konnte man mir ja auch schlecht eine Stasi-Mitarbeit nachweisen«, sagt der Ex-Vopo und lacht. »Freilich, ein Wechsel zur PDS wäre da schon problematischer gewesen – aber ich hab' immer gewusst, wohin ich gehöre!«

Ex-Vopo L. ist in eine andere Uniform geschlüpft und macht jetzt Dienst als Autobahnpolizist. Werner K., wenn er wieder einmal total in seine krude Wirrnis-Welt abgetaucht ist, unterhält sich gerne mit ihm.

Ein Mann namens »Kiste«

6. Januar 1992. Heinrich Grüttner meldet sich, einst ein Dresdner Original, dann eingesperrt, enteignet, aus der DDR abgeschoben, zerbrochen.

Ich hab' »Kiste« gefunden, berichtet er, aber das sagt Insidern etwas, Wessis absolut nichts. Über die Autobahn bis kurz vor Berlin, dann ab Richtung Rostock, bald, weit im Osten, Abzweig in eine bei Sonnenschein betörende mecklenburgische Landschaft: Brettleben, aber mit zahlreichen Waldinseln, hinter und zwischen denen sich Seen ausdehnen, große, kleine, einer schöner als der andere, jeder mit irgendeiner Besonderheit: Die Farbe zwischen Smaragd und Jade, selten Inseln, meist aber Weiden und Wald bis an die Ufer, viele besegelt oder von Ruderbooten aus erfahren, andere, zumal in leichten Nebelschwaden, wie ein Stück aus geheimnisvollen nordischen oder slavischen Mythen. Ein Gefühl stellt sich ein, als wäre die trübe Welt der Ärgernisse und der Schicksale verlassen und eine neue präsentiert worden, die es zu gestalten gilt – der ewige Knick im Denken: Daß etwas nach menschlichen Vorstellungen zu richten sei. Weitab größerer Siedlungen steht im Wald, da wo er sich zum See hin lichtet, ein Holzhäusl: Bequem, ausreichend für einen Menschen, der zu sich kommen will oder sich versteckt.

Kurzes Klopfen an der Türe am Ende einer herrlichen Terrasse, dann steht »Kiste« da, sieht Grüttner, retiriert – vergeblich: Dessen Fuß steckt schon zwischen Tür und Rahmen. »Kiste« ist Manfred R. und offenbart äußerlich den Grund für die Namengebung nicht mehr, gäbe es da nicht sein Fotoalbum, das seine Ex-Freunde in seiner fluchtartig verlassenen Wohnung gefunden haben, als sie »Kiste« in einem Akt von Selbst-, ja der Stimmung nach fast schon Lynchjustiz zur Rechenschaft ziehen wollten. Es zeigt den kastenartig aufgedunsenen, fetten Menschen in allen Lebenslagen, umgeben von zahlreichen Freunden. Und alle hat er verraten. Jetzt winselt ein ungepflegter Mensch ungefragt los, »ich wollte doch niemand schaden!« So lautet die Standardformel aller Spitzel, die wie »Kiste« Mitmenschen hinter Gitter gebracht haben: Oppositionelle, Künstler, aktive Christen, harmlose Randfiguren. In der Stasiakte des Schriftstellers Jürgen Fuchs wird »Kiste« genannt und in jenen von 25 weiteren Personen. Als er sich dem MfS freiwillig andiente, war er 16 Jahre alt. Den Decknamen »Raffelt« gaben ihm MfS-Führungsoffiziere mit Sinn für schwarzen Humor: »Kiste« Manfred R. war ein gieriger Raffer und für Geld für buchstäblich alles zu haben.

Dass Heinz Grüttner, der rachedurstigste unter den »Kiste«-Opfern, diesen Menschen hier in Thürkow/Teterow gestellt hat, obwohl der Spitzel sich so weit von seinem einstigen Wirkungsbereich vermeintlich gut versteckt hat, ist kein Wunder. Zwar hat Grüttner zwei Jahre gebraucht, aber dem Spitzel war zum Schaden geworden, was sonst solche wie ihn deckte: Daß Spitzel Spitzel bleiben. Alte Seilschaften, derer er sich bedient hatte, waren für Geld zu jeder Gemeinheit fähig. Grüttner hatte Manfred R. billig bekommen. Immerhin hatte er dem Spitzel sechs Jahre Haft mit unglaublichen Erniedrigungen, den Verlust seines Vermögens und seiner Gesundheit und Zukunft zu verdanken, die jahrelange Trennung von seiner Frau, die zwei Jahre Haft erlitten und dabei ihren Sohn auf dem Zementboden der Haftanstalt geboren hatte.

Das Kind hatte man ihr weggenommen, und als sie endlich entlassen wurde, hatte sie drei Jahre gebraucht, um eine Spur des Kindes zu finden. Grüttners »Heinrichs Gaststätte« an der Pillnitzer Landstraße 154 unweit des berühmten, ebenfalls enteigneten Dresdner Künstlerhauses und mit Blick auf die Elbe, uralter Familienbesitz, war 1974 enteignet worden, und kaum aus der Haft entlassen, waren die Grüttners nacheinander in den Westen abgeschoben worden.

Grüttners Kneipe war DDR-weit als Treffpunkt von Individualisten bekannt: Maler, Schauspieler, Komponisten, Theatergänger, Kritiker, Studenten, Museumsfachleute wie der Dresdner Matthias »Matz« Griebel und der Kometenschweif ihrer Bewunderer trafen sich hier zu tage- und nächtelangen Feten, die urplötzlich zu langen, offenen Diskussionen geraten konnten. Nirgendwo in der Republik wurde so offen gesprochen, wurden Versager unter den Bonzen so klar genannt, wurden Reformer so deutlich unterstützt. Avantgardisten, deren Musik man gehört, deren Texte man gelesen, deren Bilder und Plastiken man gesehen haben musste, waren dabei oder wurden zum Mittelpunkt langer Meinungsaustausche, und so mancher Künstler, der offiziell nicht anerkannt wurde und darum in der DDR-Definition schlichtweg nicht existierte, konnte sich hier in Gesprächen und häufig in illegal gedruckten Blättern erstmals einer – wenn auch zahlenmäßig geringen – Öffentlichkeit stellen. Die Feste blieben selten auf die Gasträume an der Elbe beschränkt, sondern verlagerten sich oft unter den nächtlichen Sternenhimmel.

Es gab nicht viele unmittelbare Nachbarn und die nächsten gehörten überwiegend zum Kreis, mindestens jedoch zu jenen, die nicht zur Kenntnis nahmen, was sie nicht auffällig nehmen wollten. Da konnten die Treffen schon einmal bis zum Exzess geraten, was, wie der merkwürdige Treff in »Heinrichs Gaststätte« überhaupt, der SED und dem MfS schon sehr zeitig bekannt war. Sie duldeten den Kreis als eine Art Ventil: ging es doch durchweg um Teilnehmer, die eh gegängelt, wenn nicht stranguliert waren, nichts veröffentlichen, nichts aufführen, nichts vorspielen, nichts ausstellen und auch nicht reisen durften – nicht einmal im Osten. Aus SED-Sicht konnte nicht viel passieren, waren doch zahlreiche Spitzel eingeschleust worden, was wiederum die Gäste Grüttners und dieser selbst ahnten, aber schlichtweg nicht mehr zur Kenntnis nahmen, weil sich mit den Jahren und verstärkt seit den Siebzigern ein arger Fatalismus breitmachte.

Matz Griebel und Grüttner unisono: »Gegen die Krake Stasi gab es eh keine Abwehr!« Verhindert wurde jedoch, dass irgendetwas über das Treiben an die DDR-Öffentlichkeit oder gar in den Westen drang. Über zahlreiche Kanäle ließ die SED dies in Warnhinweisen und Strafandrohungen verdeutlichen, und die Oppositionellen hüteten sich, ihren winzigen Freiraum zu gefährden. Es war wie eine Absprache zwischen beiden Seiten, die es in Wahrheit natürlich nie gegeben hatte: Matz Griebel und Heinz Grüttner lassen bis heute keinen Zweifel an der Totfeindschaft, die sich aus ihren Stasiakten klar beweisen läßt und die Grüttner in seinem schrecklichen Verfahren bitter zu büßen hatte. Auch jene, die Möglichkeiten zu Westveröffentlichungen besaßen, hüteten sich davor. Das Ventil wäre am selben Tag geschlossen worden, nicht ohne offene oder Geheimprozesse und Haftstrafen für die Beteiligten. Grüttner und seine Frau waren der lebendige Beweis für solche Gefahren. Sie hatten offen über eine Ausreise diskutiert, die natürlich nur mit Fluchthelfern möglich gewesen wäre; es war nichts als eine abstrakte Diskussion gewesen, wie viele andere – dank »Kiste« landeten sie dafür aber hinter Gittern, wurden nach der Ausbürgerung im Westen zu den Hintergründen befragt und schwiegen eisern, weil sie ihre einstigen Gäste nicht gefährden wollten. In dem ihnen enteigneten, später in anderen Lokalen ging das bunte Treiben weiter.

»Kistes« tägliche oder nächtliche Erkenntnisse über diese relativ harmlose, aber gut informierte und weit verbreitete Opposition waren zu kostbar, als dass ihr ein abrupt-gewaltsames Ende bereitet worden wäre. An all dem, was Grüttners passierte, hatte Manfred R. seinen gemeinen Anteil. Er, der anfangs für monatlich 500, dann für 1000 Mark bei unbegrenzten Spesen unter dem Decknamen »Raffelt« spitzelte, funktionierte so gut, dass die Dresdner Kreisdienstelle des MfS ihn alsbald an die Bezirksverwaltung abtreten musste. Verständlich, dass nicht allein Heinz Grüttner entschlossen war, »diesen Verbrecher nicht ungestraft davonkommen« zu lassen.

Manfred R. gingen ins Netz: Filmemacherin Freya Klier und Liedsänger Stefan Krawczyk, die schließlich ausgebürgert wurden, der Jenaer Oppositionelle Peter Rösch, der Dresdner Jugend- und Sozialdiakon Rolf Schmidt, an dessen »offener Kirchenarbeit« sich »Kiste« weisungsgemäß beteiligte. Manfred R. verkaufte den heutigen Dresdner Museumschef »Matz« Griebel und zahlreiche DDR-Avantgarde-Künstler an die Stasi, Alternative und Anarchisten, Neugierige und echte Reformer, die demokratisch gesinnte Gegner des allumfassenden Machtanspruches der SED, nicht aber einer eigenständigen DDR waren. Und er verkaufte seinen ihm hörigen Freund »Zwilling«, einen jungen, seniblen Menschen, der unter dem Druck der Stasiverhöre zusammenbrach, ohne aber einen seiner Freunde aus dem Kreis um »Kiste« ans Messer geliefert zu haben. Das mit »Zwilling« war besonders bitter und gemein. Niemand hatte »Kiste« nähergestanden, niemand war ihm wirklich und so sehr Freund gewesen wie dieser vom Kreis in »Heinrichs Gaststätte« eben deshalb »Zwilling« genannte junge Mensch, der nie ein Vorbild, nie einen Halt gehabt und sich »Kiste« in Aussehen, Gestik, Sprachduktus, Gewandung und scheinbarer

Gesinnung total angepasst hatte. Wer die beiden Männer erstmals sah, konnte leicht überzeugt werden, dass es Brüder seien. »Kiste« jedoch geriet, als immer mehr Teilnehmer aus dem Dresdner Kreis in »Heinrichs Gaststätte« aufflogen und scheinbar zufällig in den Fängen der Justiz landeten, in Spitzelverdacht. Er roch die sich ausbreitende Angst, fühlte das Misstrauen und beobachtete den wachsenden Abstand der Freunde – und befreite sich mit einem Paukenschlag aus allen Nöten, die für ihn ja existenzbedrohend waren: Unter den Freunden aufgeflogen, hätte er für die Stasi jeglichen Wert verloren und damit sein Monatseinkommen.

»Kiste« verkaufte dem MFS seinen »Zwilling«, streute Gerüchte über dessen angebliche Spitzelei, die es nie gegeben hatte. »Zwilling«, bislang nie auf seine Homosexualität angesprochen, die die prüden Führungsoffiziere und SED-Bonzen verabscheuten, ungeachtet dessen aber für ihre Erpressungen nutzten, wurde bei der Vernehmung hart attackiert. Er zerbrach innerlich, aber er verschwieg, was er bei den Feten und bei Einzeleinladungen gehört, gesehen oder gelesen hatte. Er ging heim und nahm sich das Leben.

Selbst der immer wache, nie fatalistische Matz Griebel, der einer der wenigen stets bekennenden unter den tiefüberzeugten Oppositionellen der DDR war, es Jahrzehnte blieb und stets bereit war, selbst Haftstrafen auf sich zu nehmen, sich aber niemals einer Ausbürgerung zu beugen, schwankte zwischen seiner inneren Überzeugung, dass »Kiste« der gesuchte Spitzel im Freundeskreis sei und seinem Mitleid mit dem scheinbar gebrochenen Mann, der den Tod seines »Zwillings« nur schwer verwand und bei der Beerdigung mühselig daran gehindert werden mußte, ins offene Grab zu springen. War all dies vorgetäuscht? War »Kiste« wirklich ein Meister der Verstellung? Schwer zu sagen – sein Befreiungsschlag jedenfalls war ein voller Erfolg. Selbst nach Grüttners Verhaftung, Verurteilung und Ausbürgerung blieb »Kiste« im Mittelpunkt der Feten, der erfolgreiche Organisator, der Zuträger intimer Mitteilungen über die Lage und die Stimmung in der DDR nach beiden Seiten; jahrelang fütterten ihn seine Führungsoffiziere mit Erkenntnissen anderer Spitzel. Grüttner, der im Prozeß eindeutig erkannt hatte, daß »Kiste« die Spinne im Netz war, gelang es nicht, die Freunde zu warnen.

Dass das Regime teuflich war, daß es Menschen in den Tod trieb und alltäglich Verbrechen verübte: unstreitig. Aber dass ein einzelner Mensch, der immerfrohe, hilfsbereite, kluge und gut informierte »Kiste«, sein ohne ihn kaum allein lebensfähiges Anhängsel bewusst und zielgerichtet in den Tod treiben konnte – die Clique hielt das für ausgeschlossen.

In Wirklichkeit waren die Freunde in dem Glücksgefühl, wenigstens in ihrem scheinbar intimen Kreis sich austoben zu können, und in ihrer Überzeugung, die Grenzen des Erlaubten oder Gewagten immer weiter ausdehnen zu sollen, an einem Punkt angelangt, der zutiefst fatalistisch war: Weil hier geschah, was nicht sein konnte, weil es nicht sein durfte! Alle diese Menschen hatten »Kiste« vertraut, so sehr, dass Aktive in der »Kirche von unten« ausgerechnet ihm oppositionelle Planungen detailliert offenbarten. Was er dann noch nicht wusste, erfuhr er als Leiter des zentralen Telefondienstes evangelischer Kirchentage: Infos frei Haus, die es dem MfS ersparten, Telefone anzuzapfen; »Kiste« gab unverzüglich weiter, was er erfuhr, was wunder, daß er in den Stasibüros als »ungemein fleißig und zuverlässig« beschrieben wurde. Heinrich Grüttner hatte schlimme Jahre hinter sich. »Kiste« sollte nicht ungeschoren davonkommen. Er beantragte die Rückübertragung seines Gasthauses, fand aber nur einen Trümmerhaufen vor.

Er suchte »Kiste«, traf dessen Mutter, die ihren Sohn verfluchte, bekam einen Hinweis auf Mecklenburg-Vorpommern, klapperte länger als ein Jahr jede Gemeinde und jeden See dort ab – und fand »Kiste«, einen weinerlichen Invaliden von 41, schlapp, ungepflegt, menschenscheu, angstschlotternd, untergekrochen in einer verlassenen Datscha, reuelos, seine Untaten verdrängend. »Ich kann ihn nicht anrühren«, entschied Grüttner, der in den Westen heimreiste, erstmals seit Jahrzehnten befreit von der Last seines Hasses. Bittere Ironie: Auch »Kiste« war Täter und Opfer zugleich, vielen IM war er da und dort ins Fadenkreuz geraten, vor allem ein Pfarrer hat Berichte über Manfred R. geschrieben. Geschadet haben diese Berichte »Kiste« nicht, im Gegenteil: Seine eigenen Führungsoffiziere lobten und würdigten seine Arbeiten, prämierten den Menschen, vertrauten ihm aber nicht völlig, sondern verglichen seine mit den Berichten anderer IM: Diskrepanzen traten nie auf, selbst an jenem Tag nicht, da sie dem Pfarrer eine Predigt diktierten, über die zu berichten »Kiste/Raffelt« aufgefordert war; wörtlich gab der sie in seinem Bericht zu Protokoll.

Sommer 1998. »Kiste« vegetiert an seinem See, fernab größerer Siedlungen. Der abgemagerte, heruntergekommene Mann in Lumpen erleidet nach psychiatrischen Erkenntnissen in schrecklichen Albträumen, was er »Zwilling« angetan hat. Zu irgendeiner Arbeit ist er nicht mehr fähig, Kontakte halten Sozialarbeiter, die auch dafür sorgen, dass Manfred R. finanziell über die Runden kommt und nicht verhungert. »Er wird zum Pflegefall und in einem Heim landen«, prophezeit sein persönlicher Betreuer, der, makabre Ironie des Schicksals, Mediziner werden wollte, als »Kistes« Opfer von der Uni relegiert, einige Zeit eingesperrt wurde und dann zwangsweise in der landwirtschaftlichen Produktion Mecklenburgs landete, fernab von der Kunstmetropole Dresden und ihrem Oppositionellenkreis. Jahre lebte er hier unter schweigsamen, sturen SED-Anhängern, die den lebenslustigen Sachsen verabscheuten und ihm dies ganz offen sagten. Wie Grüttner und viele andere Opfer des Scheusals »Kiste/Raffelt« hat er seine Rachegelüste längst überwunden. »Ich pack’ ihn nicht an«, sagt er, bringt’s über sich, Mitleid für »Kiste« zu wecken.

DER VERWEIGERER

Mich wundert es schon sehr«, sagt Sachsens Justizminister Steffen Heitmann, »dass über Günther Demut und sein Leiden nie geschrieben wird!« Der Minister tippt auf einen Zeitungsbericht über einen Grenzschützerprozess. Wieder einmal stehen drei Ex-Grenzsoldaten vor Gericht, weil sie einen »Grenzverletzer« erschossen haben. Wieder einmal berufen sie sich auf Befehle »von oben«, aber nicht einer auf Befehlsnotstand: Nämlich darauf, dass, wer den Schießbefehl verweigerte, mit harter Strafe rechnen musste.

Es scheint, als sei der »Fall Demut« selbst unter Grenzschützern nie herumgeflüstert worden – dabei wäre Günther Demut ihr Zeuge: Ein Mann, der den Schießbefehl verweigert und das bitter gebüßt hat. Narben sind bis heute sichtbar, Benachteiligungen auch nach der Wende nie überwunden worden; entschädigt wurde der Vater einer Tochter mangels Nachweises seiner Leiden bisher auch nicht.

Demut hatte in der DDR nie eine Chance. Sein Vater, Bäcker- und Konditormeister in Thüringen nahe Suhl, war NSDAP-Funktionär gewesen und hatte, allerdings gegen seinen Willen dorthin eingezogen, in der SS gekämpft. Dass Sohn Günther dennoch Installateur werden durfte, war schon ein Glücksfall gewesen und nur der Jahrzehnte alten Freundschaft des Vaters mit dem einsichtigen Bürgermeister zu verdanken. Das angestebte Studium fiel aus. Sogar die sonst auch in solchen Fällen erlaubte Abendschule mit anschließendem Fernstudium wurde Günther Demut verwehrt. Seine Reaktion war nicht untypisch: Er meldete sich zu den Grenzsoldaten, um über diese Bewährungsstation doch noch einen Studienplatz zu ergattern. Der sportliche, diensteifrige und geistig rege Demut machte Karriere: Wurde Unteroffizier, durfte Sperrgebiete betreten, hatte jederzeit den sonst schwer erreichbaren Zugang in sein Heimatdorf im Fünfkilometerstreifen zur verhassten BRD und glaubte sich schon auf dem Weg zur Uni. Im Sommer 1967 kam es in seinem Grenzstreifen zum Fluchtversuch zweier junger Männer. Günther Demut: »Ohne Befehl schossen meine

Kameraden wie verrückt ihre Magazine leer. Dabei hatten sie nur von einem angeblichen Grenzdurchbruchs-Versuch gehört, aber weder den exakten Ort gekannt, noch jemand gesehen. Der Polit-offizier ließ schießen, was die Waffen hergaben. Ich hielt ihm vor, dass dies sinnlos sei und überdies gegen die Dienstvorschriften ver-stoße: Dreimaliger Anruf einer konkreten Person und ein Warn-schuss waren vorgeschrieben. Aber der junge Leutnant brüllte mich nieder: »Was in der Dienstvorschrift steht, scheiß'ich ab. Ich befehle den finalen Schuss!« In einem Augenblick begrub Günther Demut seine Lebensplanung und Hoffnungen. Nicht eine Se-kunde wollte er mehr mitmachen. »Was Sie befehlen, ist Mord!«, herrschte er den Offizier an, legte seine Waffe nieder, wurde un-verzüglich festgenommen, landete schon Tage später vor einem geheim tagenden Militärtribunal und wurde wegen Befehlsver-weigerung und demoralisierenden Einflusses auf seine Kameraden zu 37 Monaten Haft unter Militäraufsicht verurteilt. Der im Urteil nicht genannte Haftort erwies sich als geheime Strafbaracke auf dem Gelände der deutsch-sowjetischen Gemeinschaftsfirma Wis-mut bei Aue im Erzgebirge. »Wir trugen Nummern, durften un-sere Namen nicht austauschen. Jedes Privatgespräch und jeglicher Kameradschafts-Kontakt waren verboten; wir wurden gnadenlos überwacht und bespitzelt. Wir hatten nur wenige Schlafstunden, arbeiteten auch an Sonn- und Feiertagen. Das Essen war miserabel, die für Uran-Bergleute vorgeschriebenen Milchrationen wurden uns vorenthalten. Die Arbeitsbedingungen waren brutal und ver-stießen gegen Sicherheitsbestimmungen. Wir wurden von unseren deutschen Bewachern geschlagen und gedemütigt und hatten in der ganzen Haftzeit keine Außenkontakte.«

Nach 27 Monaten wurde Günther Demut entlassen. Er war schwerstkrank, musste an Herz und Lunge operiert werden, war zur Kommunikation kaum mehr fähig: Ein Wrack! Doch die Bestrafungsaktion wurde fortgesetzt: Er durfte das heimatliche Sperrgebiet nicht mehr betreten, schaffte es aber dennoch bei Nacht; er bekam keine Arbeit und erfuhr: »Wenn Sie nicht unver-züglich Arbeit aufnehmen, werden Sie als Schmarotzer bestraft.« Wieder half der unerschrockene Heimatbürgermeister, verschaffte Putzarbeiten und sonstige Drecksaufträge, für die niemand sonst gewonnen werden konnte.

Zehn Jahre später hatte Günther Demut ein Glückserlebnis: Weil dringend Installateure für einen Sonderauftrag gesucht wurden, fand er Arbeit in jenem Sonderbautrupp, der die Wandlitzer Prachtvillen der SED-Spitzen und Siedlungen parteikonformer Babelsberger Uni-Kader und der FDGB-Führer in Berlin und Potsdam ausbaute und unterhielt. Ein Vorzugsjob für einen Verbrecher? »Nix da«, wehrt Demut ab. »Wir lebten in dreckigen Bauwagen weitab aller Siedlungen, sommers gebraten, winters durchfroren; es gab Dreckküchen für uns und Luxus pur für die Kader und deren Familienklüngel. Wir sahen, wie Bonzensöhne in 1a-Sportfahrzeugen durchbrausten und wie zu Festlichkeiten Speisen angeliefert wurden, die ein durchschnittlicher DDR-Bürger nicht einmal dem Namen nach kannte. Sie hatten alles, wir nichts – und obendrein waren wir zu Stillschweigen verdonnert, ließ man uns nicht einmal zukommen, was an den Bonzen-Tafeln übrig geblieben war.«

Den Schock seines Lebens erlitt Günther Demut nach der Wende. Von einem Tag auf den anderen arbeitslos zu sein, weil der FDGB-Sonderbautrupp sich auflöste, konnte er verkraften: Der ausgezeichnete Fachhandwerker wurde von einem Westunternehmer eingestellt. Doch der Chef verlangte Papiere: Lehrbrief, Gesellenzeugnis. Bei der eben wiedereröffneten Handwerkskammer Dresden verlangte man eine Geburtsurkunde als Identitätsnachweis – doch in seinem Heimatdorf gab es keinen Eintrag. Der neue Bürgermeister: »Dich gibt's überhaupt nicht. Während Deines Militärprozesses sind alle Eintragungen über Dich aus den Geburts- und Einwohnerbüchern entfernt worden.« Dass er ein Un-Mensch geworden war, erwies sich auch in Dresden: Aus der Handwerksrolle war sein Name entfernt worden. Und da der Lehrmeister längst tot war, ließ sich der Lehrnachweis nicht führen.

Auch die Militärakten wurden nicht aufgefunden: die seiner Einberufung, der Beförderungen, des Prozesses, der Degradierung und des Ausschlusses aus dem Regiment vor versammelter Mannschaft. Demut gelang es nicht, Zeugen seines Grenzdiensts ausfindig zu machen oder Mithäftlinge aus der Wismut-Baracke. 1995, mittlerweile aus Freital nach Schwaben umgesiedelt und nur darum legal verheiratet, weil ein unbürokratischer Standesbeamter »Ihr Wort für wahr nimmt«, hatte Günther Demut weder Haftentschädigung kassiert, noch besaß er hieb- und stichfeste Identitätsnachweise. Mühsam wurden Rentenakten rekonstruiert, ließen Behörden nach Zeugen suchen.

Demut tröstete sich mit dem familiären Glück, musste dankbar sein, dass die 1990 geborene Tochter amtlich »vorläufig auf den Namen des Vaters eingetragen (wurde), der angibt, der gelernte Installateur und Ex-Grenzsoldat Günther Demut zu sein« – so der stolprige Umgang der Behörden mit einer grausigen Lebensgeschichte.

Immerhin: dass er Günther Demut heißt und an der thüringisch-bayerischen Grenze geboren wurde, ist mittlerweile wieder belegt: Nachbarn aus seinen Kinderjahren haben das eidesstattlich bekundet. Die Handwerkskammer gab sich endlich mit Demuts Ehrenwort zufrieden und trug ihn wieder in die Handwerksrolle ein. Günther Demut: »So ganz langsam bin ich ins bürgerliche Leben zurückgekehrt. Was ich versäumt habe, gibt mir niemand wieder, auch meine Narben bleiben. Aber ich lebe, kann meine Eltern, von deren Tod ich verspätet erfuhr und zu deren Gräbern mir das Sperrgebiet verschlossen blieb, auf dem Friedhof besuchen. Dass ich zwei Jahrzehnte meines Lebens als glatten Verlust wegbuchen muss, verkrafte ich nur schwer!«

HOWGH ODER E. H. HAT GESPROCHEN

1979, 14. Oktober, D-Zug Berlin-Schwerin. Im 4. Abteil des zweitens Waggons fliegt die Türe auf, eine Kontrollbeamtin steckt den Kopf ins Abteil, sieht Zeitungen, Zeitschriften und Bücher auf einem Sitz liegen, greift sofort zu. »Alles verboten«, schimpft sie, wird von einem Kollegen aus dem Abteil gezogen, kommt zurück, legt alles auf den Sitz zurück. »Öha«, ruft der Eigentümer der Sachen ihr nach, »der Karl-May-Band fehlt!« Die Frau winkt unwillig ab, läßt sich auf keine Diskussion ein, bringt den »Ölprinz« nicht zurück.

1992, Anfang Mai, Blick in die Stasiakte des Reisenden von damals: Briefe, Gesprächsnotizen, die Zeitungen und Zeitschriften, die er einem Freund alljährlich nach Schwerin mitbrachte, sogar die kleinen Geschenke für dessen Kinder liegen bei, der »Ölprinz« fehlt. Offenkundig hat die Kontrollbeamtin das Buch selbst eingeschoben. Das macht neugierig: Was war Karl May in der DDR? 1948/81: Die Felsenbühne Rathen bei Dresden: Keine Karl-May-Aufführungen. Der Geburtsort Hohenthal-Ernsthal: Kein Hinweis auf das Geburtshaus. Zuchthaus Waldheim: Kein Wort über den berühmten Häftling. Radebeul: Es gibt ein Indianer-, aber kein Karl-May-Museum. Das alles beginnt mit dem Brief einer Ilse Korn, die sich später Schriftstellerin nannte.

Im 21. Juni 1948 schrieb diese »Oberrätin für das Bibliotheks- und Verlagswesen an der Regierung des Landes Sachsen« ein Gutachten für Volksbildungsminister Ludwig Holzhauer: »Betrifft Karl May Verlag Radebeul. Bereits seit 1945 bemüht sich der Karl May Verlag Radebeul um die Erlangung einer Lizenz. Das Referat Literatur hat bei den entsprechenden Stellen (Deutsche Verwaltung für Volksbildung, Rat des Kreises Dresden, Gewerbeamt, Volksbildungsamt Radebeul) deutlich gemacht, daß man die Anträge in keiner Weise unterstützen soll. Eine Karl-May-Produktion ist vom Standpunkt der Volkserziehung grundsätzlich abzulehnen. Sie verführt die Jugend zur kritiklosen Anhimmelung aller billigen Räuberromantik und trübt ihren Blick für die Auseinandersetzung mit dem wirklichen Leben. Diese Literatur wurde von den nazistischen Machthabern bewußt in ihrer Jugenderziehungsarbeit eingesetzt und wir sind an der Fortführung einer solchen Produktion nicht interessiert. Daß der Karl May Verlag nicht enteignet wurde, weil angeblich das Material nicht ausreichte, ist bedauerlich. Es wäre wünschenswert, wenn Sie mir Gelegenheit gäben, die Geschichte der verpatzten Gelegenheit zu schildern. Der Karl May Verlag ist mehr als eine Lizenz, er ist ein Programm.«

Warum Ilse Korn den sächsischen Schriftsteller so hasste, ist unbekannt. Sie verfolgte ihn jedenfalls weiter. Als die Verlegerfamilie Schmid gegen Behinderungen protestierte und gegen die Lizenz-Verweigerung die Pieck sche Präsidialkanzlei einschaltete, schrieb die wutentbrannte Korn einen weiteren Brief: »Die teilweise vorhandene Begeisterung für Karl May ist so tief ins Bewußtsein der Menschen gedrungen, daß sie heute noch nicht in der Lage sind, Echtes und Unechtes unterscheiden zu können. Da heute die Frage der Umerziehung der Jugend und auch der erwachsenen Generationen gestellt ist, da es unsere Aufgabe sein muß, das Bildungsniveau allgemein zu heben, kann nicht zugestanden werden, die Bücher des Wortemachers und Schaumschlägers Karl May neu zu drucken. Der verrohende Einfluß seiner Schriften auf die Jugend kann nicht geleugnet werden. Wir sehen in einer Serienproduktion ohnehin die Zerstörung eines selbständigen Denkens. Wir sind dabei, eine neue Jugendliteratur zu schaffen, um unsere Jugend nicht mehr zum Blutrausch und zum Kampf Mann gegen Mann zu erziehen, sondern die realistische Darstellung ihrer Daseinsfreude auf eine fortschrittliche Haltung hinzulenken.« Im Anschreiben zu diesem Brief notierte Ilse Korn: »Aus alldem ersehen Sie, daß wir aus politischen und volkserzieherischen Gründen den Kampf gegen Karl May aufgenommen haben. Leider setzen sich für Karl May immer noch eine Anzahl Menschen ein, die glauben, einer fortschrittlichen Weltanschauung anzugehören und sich durch den angeblichen Pazifismus, durch seinen bigotten christlichen Redeschwall täuschen lassen.«

Ilse Korn gab eine Linie vor, die später tödlich sein konnte: Abweichung von der parteiamtlichen Linie und von den Grundsätzen des Sozialimus; sie intrigierte, verdächtigte, beschuldigte. Und die Akte beweist eindrucksvoll, daß schon 1948 vorhanden war, was diesen Staat nach 40 Jahren zugrundegerichtet hatte: Machtmißbrauch und Bevormundung! Aber auch die alles durchdringende, eine zutiefst verachtenswerte opportunistische Organisation, die sich wie ein Netz über jeglichen Individualismus und jede Selbstbestimmung der DDR-Bürger legte, war schon vorhanden: Denn obwohl der Feldzug Ilse Korns intern ablief, forderten doch ganz plötzlich »empörte« Dresdner und Radebeuler Lehrer ein Karl-May-Verbot. Abgesegnet vom ZK der SED kam dieses Verbot.

Doch die Geldgier des Regimes und seiner »Führer« war auch damals schon immens und allemal gewichtiger als ideologische Grundsätze. Ein Beamter in der Dresdner Staatskanzlei fragte listig an, was denn nun aus der Karl-May-Stiftung werde? Die war von Karl May testamentarisch errichtet worden und speiste sich aus den Tantiemen Mays, der ferner verfügt hatte, dass die Überschüsse förderungswürdigen Schriftstellern zugute kommen sollten. Stiftungsverwalter Binder fand beachtliche Summen auf den Stiftungskonten. Und er regte an, die Stiftung zu erhalten, ihr ferner durch die Lizensierung des Karl-May-Verlages die ihr dann zustehenden zwei Drittel aller Einnahmen zu sichern. Binders Motto: Der Zweck heiligt die Mittel. Diese Lösung enthüllte eine bösartige Schizophrenie des SED-Regimes. Es verbot Karl May in der Sowjetischen Besatzungszone (SBZ), billigte aber Druck- und Bindearbeiten für alle westlichen Länder. Ausschlaggebend dafür war, daß man in Leipzig Druckbögenvorräte gefunden hatten, aus denen 40000 Buchexemplare gebunden werden konnten; die wenigen fehlenden Bögen konnten nachgedruckt werden. Erklärtes Ziel der Aktion: »Devisen, um in Westdeutschland dringend erforderliche Wissenschafts-Literatur einkaufen zu können!«

Ilse Korn hatte keine Skrupel, die Bücher in den Westen zu exportieren. Im Zuge dieser Aktion gelang es dem Karl-May-Verlag bzw. der Familie Schmid, sich nach Bamberg zu verlagern und einige Karl-May-Erinnerungsstücke mitzunehmen. Doch während jedes Karl-May-Exemplar im Gepäck von Deuschland/West-Ostreisenden beschlagnahmt wurde, behaupteten sich wie überall in der DDR auch in Dresden May-Fans. Zum Beispiel Werner Sieber, stellvertretender Vorsitzender des Rates des Bezirks Dresden. Er klagte 1958: »Daß wir den Verlag nicht lizensieren, kostet die Stiftung alljährlich 1,2 Millionen D-Mark.« Doch am 10. Januar 1958 hatte der stellvertretende Kulturminister Hagemann entschieden:

»Die Herausgabe der Werke des Karl May Verlages ist aus kultur-
politischen Gründen nicht wichtig.« Siebers listiger Versuch einer
Aufhebung des Verbotes war abgeschmettert. 1981, 2. Weihnachts-
tag, ein trüber Nachmittag, kein Jagdwetter. In Wandlitz ergötzt
sich Erich Honecker in einem TV-Westprogramm, das seinen
Landsleuten offiziell immer noch verboten ist, an »Winnetou«.
Als er seine Frau Margot nach Bezugsquellen für Karl-May-
Bücher fragt, bleibt die Volksbildungsministerin die Antwort
schuldig: Auch hierin kennt sie sich nicht aus. Tags drauf wird der
allmächtige Boß der DDR über das Verbot informiert und ent-
scheidet spontan: »Karl May wird verlegt!« Howgh. Fünfjahresplan
und Einzelplan »Papier, Druck, Buchbinderei, Vertrieb 1981/82«?
Bedeutungslos: E. H. hat gesprochen. Das Verbot von 1948, 1958
noch einmal bekräftigt? Einen Dreck wert – E. H. hat gesprochen!
Papier wird bereitgestellt, Druck- und Bindearbeiten werden ver-
geben, wichtige Literaturplanungen über den Haufen geworfen:
Winnetou wird aus aus den ewigen Jagdgründen zurückgeholt,
koste es, was es wolle. Der rote Medienzar Günther Hermann
bestimmt blitzschnell die neue Linie, NEUES DEUTSCHLAND voran
und der Rattenschwanz der zentral informierten Blätter bejubeln
Karl May. Das Leitmotiv: Karl May, der Volksverführer, ist dies
nicht (mehr), sondern als armer Webersohn aus dem Erzgebirge
Proletarier und als solcher verfolgt von den königlichen Behörden
Sachsens. Garantiert wäre er gegenwärtig SED-Genosse.
    1982. Es gibt wieder Karl-May-Aufführungen auf der Felsenbühne
Rathen, in Hohenthal-Ernsthal weist ein Schild gut sichtbar auf das
Geburtshaus, in Waldheim weisen Justizbeamte den Block, in dem
»unser Karl May geschunden wurde«, Radebeul hat seine Karl-May-
Straße wieder und das Museum seinen Namen zurück. E. H. liest
Karl May nach Belieben, die Buchhändler verstecken die vorrätigen
Bände unter den Ladentischen, weil bevorzugte Kunden bei Laune
gehalten werden sollen, Grenzer und Zöllner beschlagnahmen
eingeführte Westausgaben – sie sind zur begehrten Handels- und
Tauschware im ganzen Osten geworden. Frühsommer 1992. Erich
Honecker versteckt sich in der Moskauer Chile-Botschaft, kommt
zurück, landet vor Gericht, darf nach Chile ausreisen. Unwahr-
scheinlich, daß Genossen ihn gefragt haben: »Den Winnetou hast
Du hoffentlich bei Dir?« Er hatte – zwei Prachtausgaben!

DIE BEICHTE

Maria D. war in Bayern aufgetaucht, als sie schon 70 war und erstmals ihre längst umgesiedelte Schwester besuchte.

Die beiden grundfröhlichen Frauen ließen sich in ihrer Unternehmungslust nicht bremsen und erwiesen sich als kindlich fromm; ihr alljährliches Zusammentreffen war von zahlreichen Reisen durchs Altbayernland gekennzeichnet, weshalb sie Kirchen und Klöster und abgelegene Gebetsstätten bald besser kannten als viele Einheimische, desgleichen die schönsten Biergärten.

Kaum heimgefahren, traf bei dem hilfsbereiten Nachbarn der Schwester, der die beiden Frauen gerne durchs Land chauffierte, stets ein Dankschreiben der Maria D. ein, immer mitunterschrieben von ihrem Beichtvater, den sie nach jeder Reise alsbald aufsuchte und informierte. Klar, daß ihr Fahrer sie bei seinem ersten Ausflug in die DDR anfangs 1990 daheim besuchte, klar auch, daß sie ihn gleich mit zu dem Geistlichen zog: »Der freut sich bestimmt; gleich verläßt er seinen Beichtstuhl!« Es war später Samstag nachmittag, die Kirchentüre öffnete sich, ein grauhaariger Priester mit kleinen Lachfältchen um die Augen herum trat in das Dämmerlicht, umringt von fröhlichen Kindern, die er ins Bußsakrament eingeführt hatte. Von allen Seiten her wurde der Geistliche freundlich gegrüßt, der allgemeine Respekt vor dem Herrn in der Soutane war unübersehbar, überraschend nach vierzig Jahren Staatsatheismus. »Der hat's nicht leicht gehabt«, kommentierte Maria D. das Ereignis, hätte ebenso sich selbst damit kennzeichnen können: Eine Fachärztin mit allerbester Qualifikation und einem internationalen Ruf, dennoch als Parteilose, die obendrein ihr katholisches Bekenntnis jedermann kundtat, ohne Chance einer Hochschulkarriere. Ihr Beichtvater kam gleich auf den Punkt: »Ich bin ein Anachronismus, das System setzte aufs Aussterben!«

März 1992, Samstag abend in der selben kleinen Stadt in den Neuen Bundesländern. Eben verschließt der Priester die schwere Kirchentüre hinter sich. Kinder sind keine zu sehen, Grüße fliegen ihm nicht. Gerüchte schwirren in der Stadt, niemand will sich mehr mit dem Geistlichen zeigen, Mißtrauen, ärger als je zu DDR-Zeiten, breitet sich aus. Berechtigt, wie die Akte dieses Geistlichen beweist und die Stasiakte der Ärztin Maria D., die Hals über Kopf in den Westen übergesiedelt ist, keinen Gottesdienst mehr mitfeiert, keines der herrlichen Rokokokunstwerke mehr ansehen, in der Kirche auch nicht mehr beten will. Elf Mal hat sie einen bestimmten Decknamen in ihrer Akte gelesen und sofort erkannt, daß nur der Beichtvater der Spitzel dahinter sein kann. Sie hat's nicht glauben wollen, ist vor ihrer Erkenntnis geflohen und hat doch realisiern müssen, was auch andere Gläubige beklagen: Siebzehn Jahre war er IM.

Die Bezeichnung verharmlost, weiß Maria D., denn weder waren diese Verräter informelle, noch nur formale Mitarbeiter des MfS. Sie waren das Salz in der trüben Stasibrühe, hielten sich zu ihrer eigenen Sicherheit an Formalien: Konspiration, Doppelleben. Viele informierten hemmungslos. Siebzehn Jahre Spitzeltätigkeit im Beichtstuhl: Geistliche Mitbrüder haben darunter gelitten, einfache Gläubige, Menschen, die in ihren Seelenqualen Beistand, ja Zuflucht gesucht hatten und mehr erzählten, als sie überleben konnten. Und niemand ahnte, dass ihr Beichtvater im Dämmer des Beichtstuhles Stenoniederschriften fertigte oder ein Tonband laufen ließ.

Der Gruß des Bayern verunsichert ihn, dass der an seiner Seite bleibt, macht ihn verlegen: Passanten wechseln die Straßenseite, die, welche provokativ auf seiner Seite bleiben, zischen böse Verachtungssätze. »Was wissen die?«, reagiert er, der leugnet, was täglich mehr seiner Opfer nachlesen können, viele von ihnen bis zu dem Tage, da ihre Akte vor ihnen liegt, arglos. Der Pfarrer und sein ungebetener Gast nähern sich der Nepomukstatue an der Brücke zum Pfarrhaus, Denkmal jenes Prager Beichtigers, der wegen seines Schweigens in der Moldau ertränkt worden sein soll. Der Pfarrer erkennt die Absicht seines Begleiters, ihn angesichts der Statue zu stellen, wird bleich. Doch reden will er nicht. Schon hat die Verdrängung eingesetzt: »Geschadet hab' ich niemand.« Er lügt über die Gründe der Anwerbung durch einen Freund, der als Theologiestudent abgesprungen war, über die Geschenke, die er angenommen hat. Er beruft sich blasphemisch auf Jesus: »Gebt dem Kaiser, was des Kaisers ist«. Er hat Mitbrüder und Bischöfe abgeschöpft und jedes geheime Gespräch egal wo und mit wem verraten. Doch zurücktreten will er nicht: »Soll halt der Bischof entscheiden.«

Dass Maria D. auf den Anblick eines ihr noch so unbekannten Priesters hysterisch reagiert, dass sie nicht mehr weinen kann – er fasst es nicht, beteuert stereotyp: »Gerade ihr wollte ich nie schaden.« Sie aber trauert um ihren einzigen Sohn, der sich das Leben genommen hat, als er wegen Hochverrats vor Gericht gestellt werden sollte und nicht die geringste Ahnung von Schuld hatte. Seine Stasiakte hat ihr enthüllt, dass ihres Beichtvaters Berichte die Schlinge waren, in denen sich der Sohn verfangen hatte. Berichte aus Geheimnissen, die ihm ihr Sohn und sie selbst anvertraut hatten …

Spion wider Willen

Zu den vielen Menschen, die ab Mitte 1989 am Radio, vor dem TV und in Zeitungen verfolgten, was sich in der DDR anbahnte oder schon konkret abspielte, gehörte der schwerbehinderte Willi Schmidt, damals 68. Immer hoffnungsvoller wurde der Augsburger, für fünf Jahre Gefangenschaft im sächsischen Bautzen und in Sibirien rehabilitiert, vielleicht sogar entschädigt zu werden: Vergebliche Hoffnung?

Drei Jahre nach dem Fall der Mauer und über ein Jahr nach Festsetzung der ohnedies lächerlich geringen Entschädigungssätze von maximal 300 bis 400 Mark pro Monat unschuldig erlittener Haft pendelt Willi Schmidt verzweifelt zwischen seinem Wohnsitz Augsburg und dem sächsischen Zwickau, spricht er immer wieder ergebnislos im sächsischen Justizministerium, in Archiven, bei Opferorganisationen und in Redaktionen vor.

Schmidt ist verzweifelt. Zwar stehen ihm 18000 Mark Entschädigung zu und sobald sie auf seinem Konto verbucht ist, würde auch seine Minirente neu berechnet – doch es gelingt ihm nicht, die Voraussetzungen zu erfüllen: Nachweise seiner Haft und deren Ungerechtigkeit vorzulegen. Er kann die Spionageanschuldigung der Sowjets nicht widerlegen, die ihn erst ins Zwickauer, dann ins Bautzener Gefängnis und schließlich nach Sibirien gebracht haben. »Durchaus möglich«, nennt ein russischer Staatsanwalt der Rehabilitationsbehörde in der Moskauer Lubljanka, was Willi Schmidt erzählt. Der freundliche Russe hat längst auch die Strafakte Schmidts ausfindig gemacht. Aber in der wird der Ex-Häftling nicht Schmidt genannt, »und dies«, sagt Schmidt, begründet meine verrückte Geschichte«: Soldat Willi Schmidt war 1944 in Ungarn desertiert, hatte sich mühevoll durchs Land geschlagen und anfangs 1945 in einem Wiener Büro der sich schon chaotisch auflösenden Deutschen Wehrmacht den Pass des niederländischen Marinesoldaten in deutschen Diensten Riclef van Ryinsbergen aus Den Haag gefunden.

Verblüfft ob seiner Ähnlichkeit mit dem Passbild des Niederländers hatte Schmidt sich dieses Passes bedient, »in der Hoffnung, bei einer Gefangennahme verbergen zu können, dass der in deutschen Diensten gestanden hatte. Ich glaubte, einem Ausländer würde es eher gelingen, einer längeren Gefangenschaft zu entgehen; ich wollte ja nur noch heim.« Schmidt kam bis Zwickau, wo eine Freundin aus den ersten Soldatenjahren lebte.

Warum ihn diese Frau an die Russen verkaufte, ist nicht mehr zu klären, zumal die Strafakten dazu nichts hergeben. Nicht ausgeschlossen ist aber auch, dass der Niederländer, dessen Paß Schmidt seither vorgewiesen hatte, tatsächlich für die Deutschen und vielleicht gegen die Sowjets spioniert hatte und, dass dies den Sowjets längst bekannt war. Immerhin war es ja merkwürdig, dass des Niederländers Pass in einer deutschen Wehrmachtsdienststelle in Wien herumgelegen hatte. Es ist aber auch, sagt Iwan Iwanowitsch Schesternatko vom Büro des Rehabilitationsstaatsanwaltes in Moskau, »nicht ausgeschlossen, dass allein der fremdländische Name hysterische Spionageängste bei den Sowjetoffizieren auslöste, oder dass der Niederländer in Wahrheit für uns gegen die Deutschen spionierte. Oder dass das »van« im Namen als adeliges »von« gelesen wurde. Adlige waren damals jedem Russen verdächtig. Schmidt jedenfalls wurde als »holländischer Spion« fünf Jahre in Haft gehalten und unter dem Namen des Niederländers aus der Sowjethaft entlassen.

Es dauerte lange, bis er genügend Zeugen beisammen hatte, die seine wahre Identität bestätigten. Doch Jahre danach in den Neuen Bundesländern Haftzeugen zu finden und gar die verräterische Freundin, gelang ihm nicht. Vergeblich inserierte er eine Suchanzeige in der Zwickauer Lokalzeitung, ergebnislos recherchierten auch deren Mitarbeiter. Dabei wollte Willi Schmidt diese Frau nicht vor Gericht ziehen, sondern lediglich ihre Zeugenaussage als Bestätigung seiner Festnahme an einem frühen Morgen nicht durch deutsche, sondern durch russische Militärpolizisten. »Sie sollte bestätigen, dass sie mich während eines Fronturlaubs als deutschen Soldaten Willi Schmidt kennengelernt hatte und dass ich unter dem niederländischen Namen in ihrer Wohnung von Russen ausdrücklich mit einem Spionagevorwurf festgenommen wurde.«

Ihre Denunziantinnenrolle wollte Schmidt nicht erwähnen – er fand die Frau nicht mehr. Nur einmal hatte er Glück. Da traf er in München auf offener Straße im Vorübergehen jenen Arzt, der in einem sibirischen Schweigelager deutsche und japanische Häftlinge betreut hatte. Das war ein markantes Erlebnis gewesen: Willi Schmidt hatte nach einem Bergwerksunfall im Sanrevier dieses an sich geheimen Lagers gelegen, als einziger Deutscher: die zuvor dort geschundenen deutschen Gefangenen waren Tage zuvor abtransportiert worden, nur Japaner waren dort zurückgeblieben. Dieser nunmehr in München privatisierende Arzt war der einzige Mediziner in diesem Lager gewesen. Schmidt beschwor ihn: »Sie müssen sich erinnern, ich hatte Verletzungen und bekam Fleckfieber; Sie haben mich gerettet!« Doch er ist auch hier nicht weitergekommen: Der Arzt bestätigt die Angaben an sich, erinnert sogar einen einzigen Deutschen dort: »Aber ich kann Sie als Person nicht sicher identifizieren.«

Willi Schmidts Hoffnungen sind verflogen; der alte Mann beginnt zu resignieren. »Ich büße halt die Augenblicksdummheit des Achtzehnjährigen.« Das Versorgungsamt Augsburg verlangt klare Beweise, will aber auch ganz sicher gehen, daß Willi Schmidt kein niederländischer Spion war. Denn wäre er mit fremder Identität Agent einer damals feindlichen Macht gegen Deutschland gewesen, hätte er auf persönliches Risiko gearbeitet und keinen Anspruch auf Rehabilitation, Entschädigung und Rentenanrechnung.

Zsa Zsa und ihr Pseudo-Anhaltiner

»Wilhelm Zwo ist mein Onkel. Und alles, was uns hier noch zusteht, hol'ich mir zurück! Punktum!« Viel mehr sagte er nicht, Widerrede verbat er sich und die Anrede »Kaiserliche Hoheit« forderte er mit dem Hinweis: »Soviel Zeit muss sein!« »Hoheit« – als solche hatte sich »Frederic Prinz von Sachsen-Anhalt« vorgestellt, Pepitaanzug, graue Haarbürste, Lichtbankbräune, steile Falte über der Nase hoch in die schon etwas ausgedehnte Stirne.

So wie der Prinz seine Nase rümpft, tun es auch seine genierlichen Verwandten: Er über einen Bürgermeister von Ballenstedt in Sachsen-Anhalt, der Wolfgang Gurke heißt, aber keine ist, die Verwandten über jenen Frederic, der als bürgerlicher Polizistensohn Robert Lichtenberg in Schwaben geboren wurde, heute Hündchenträger einer nicht mehr gefragten Kinodiva ist und als solcher häufig Zielscheibe, wenn die Dame ihr Haussilber durch die Gegend schleudert. Robert-Frederic schaffte den Wandel vom unscheinbaren Schwabenfrosch zum Prinzen nicht etwa durch den Kuss einer Prinzessin, sondern durch die Verbindungen eines so genannten »schönen Konsuls« Weyer, der Robert von einer echten Sachsen-Prinzessin adoptieren ließ und ihn seither mit Hass verfolgt, »weil der mir die dafür ausgehandelten 180000 Mark schuldig geblieben ist.«

Robert Lichtenberg alias Frederic Prinz von Anhalt war Bademeister und Masseur in einer gemischten Sauna im Ruhrpott, beendete aber die Kneterei, als die Knete der Diva lockte. Ehe er jedoch vor den Traualtar trat, übte er, all die an-adoptierten Cousinen, Cousins, Onkel und Nichten, ja sogar Brüder namentlich zu erfassen und den Stammbaum der Anhaltiner bis ins 12. Jahrhundert zurück zu verinnerlichen. Dann heiratete er Zsa Zsa Gabor, die als Filmstar längst vergessen war, angeblich aber ein hübsches Vermögen in petto hatte. Von 800 Millionen Dollar sprach sie, zog aber, als sie einen New Yorker Polizistn abwatschte, lieber boulevardesk ins Gefängnis, als die minimale Buße zu bezahlen. Derweilen tauchten kurz hintereinander gleich zwei Anhaltiner in Ballenstedt auf: Ein mit diesem Adelstitel geborener Prinz Edward, der Schloss und Ländereien beanspruchte, und der adoptierte Prinz Frederic, der sich generös mit dem Schloss zufrieden geben wollte. Bürgermeister Gurke: »Mich redete Frederic mit angeblichen 30 Millionen Dollar schwindlig, die seine Frau in eine Schönheitsfarm samt Spitzenhotel investieren würde, dann drückte er mir 150 Mark für die Feuerwehr in die Hand. Anspruchs-Nachweise legte er nie vor.«

Prinz Frederic sah das ganz anders: Weil die Gemeinde laut Bürgermeister Gurke »den nicht mal ignorierte«, verklagte der Prinz von Gnaden einer verarmten Prinzessin die Gemeinde auf 330 000 Mark Schadensersatz. Sein Konkurrent Prinz Edward beließ es beim Antrag, verhielt sich aber ansonsten kaum nobler. Er nannte den Bürgermeister »einen Alt-Stalinisten«. Denn der nüchterne Gemeindechef hatte sich weder von der Liste angeblicher Frederic-Freunde von Ex-Präsident Reagan bis Arnold Schwarzenegger, noch von den Größen der anhaltinischen Adelslinie von Kaiser Wilhelm bis zur britischen Königin Elizabeth II., über Sisi bis Beatrix der Niederlande beeindrucken lassen.

Als die Prinzen irgendwann in ihrem Redeschwall Luft schnappten, hatte der Bürgermeister sie sanft zur Türe seines Dienstzimmers gedrängt, diese geöffnet und unmissverständlich gesagt: »Ab durch die Mitte!« Übrigens: durchgesetzt hat keiner der Prinzen seine Forderungen.

Dr. Yurku aus Turku

1990/91. Die Suhler sind keine Spaßverderber und sie wählten sich einen Bürgermeister, der ein optimistischer Mensch ist. Dieser Charakterzug kommt ihm zwischen 1990 und 1991 sehr zugute. Die Waffenstadt ist am Ende, niemand kauft mehr die feinmechanischen Erzeugnisse der Kleingewerbefirmen Suhls, das Geld ist knapp. Urlauber bleiben auch aus: die aus dem Osten schauen sich jetzt erst einmal im Westen um, die aus dem Westen, weil ihnen der Osten gar so schlimm beschrieben wird.

Doch wer im Sommer 1991 dem Bürgermeister Martin Kummer (36) begegnet, sollte Zähne im Mund und nichts mit Computern, Hard- oder Software zu tun haben. Ursache für unkontrollierbare Wutausbrüche des Bürgermeisters ist der finnische Pastor Dr. Yurku Karjalainen aus Turku. Als Bürgermeister Kummer gerade erfahren hatte, dass jeder dritte Suhler arbeitslos ist oder wird, der Stadthaushalt nur zu einem Fünftel finanziert ist und keine Bank die ungeklärten SED-Altschulden abdecken will, traf der finnische Pastor ein: Bescheiden gekleidet, bescheidene Deutschkenntnisse, einen unchristlich schnellen Mund ohne Zähne. »Ich«, sagt der Pastor, »habe als Missionar bei den Lappen jahrelang gefrorenes Rentier-und Walfleisch kauen müssen und dadurch meine Zähne verloren.« Zwar habe ihm die Krankenkasse Zuschüsse fürs neue Gebiss überwiesen, doch die habe er selbstverständlich in christlicher Nächstenliebe an seine Lappen überwiesen.

Was den Bürgermeister aber richtig euphorisch stimmt, ist Dr. Yurkus Mitteilung: »Das finnische Volk hat für seine christlichen Mitbrüder und Mitschwestern in Thüringen gesammelt.« Die Meldung wird mit Beifall aufgenommen, blitzschnell über den Rennsteig hinaus und über die ganze Welt verbreitet. Als »Engel von Turku« feiern ihn die Suhler, als Yurku Karjalainen seine Ankündigung präzisiert: »Drei Lastwagen sind unterwegs, vollgepackt mit Hardware, gebraucht, tadellos, kostenlos!« In der Suhler Stadthalle muntert der Finne 2250 dankbare Arbeiter auf, in der Fußgängerzone verkauft er für das Neue Forum Mohrenköpfe zugunsten armer Russenkinder, der Technischen Hochschule verschafft er eine Gastdozentur, mit dem Ortspfarrer vereinbart er eine Predigtreise durch Finnland, Rede vor dem Parlament in Helsinki inklusive.

Wen wundert's, daß der fremde Pastor Mittelpunkt aller Abendgesellschaften Suhls und Umgebung wird. Seine Aussprache klingt lustig (wenngleich niemand lacht. Man ist tolerant!), kleine Widersprüche bleiben unbeachtet: Zum Beispiel, daß auf einmal die Zähne in Tansania ausgefallen sein sollen, wo's nicht gar so kalt ist, wo aber der Weltkirchenrat getagt und sich bei den Mahlzeiten so zurückgehalten hat, dass durch den Mangel die Zähne ausgefallen sind! Was Dr. Yurku auch immer erzählt: die Suhler glauben ihm alles. Im Lexikon sind sie auf einen Karjalainen gestoßen, »finnischer Politiker, Reichstagsabgeordneter«, da nickt der Pastor bescheiden: »Mein Vater, zur Zeit in geheimer Mission in den Golfstaaten unterwegs und für niemand erreichbar, nicht einmal für mich.«

Aber dann passiert dem Pastor ein Lapsus: In der Kirche zündet er sich eine Zigarette an. Der Kirchendiener ist empört, doch sein Pastor winkt ab: Die Lappen (oder waren's die heidnisch verwirrten Tansanier?) haben nichts dagegen: im ewigen Eis wärmt sie jede kleine Glut. Als Dr. Yurku aber auch über sein Studium in Tübingen spricht und erwähnt, dass »mein Freund Biedenkopf« ihn nach Suhl vermittelt habe, werden einige Zuhörer misstrauisch: Studium bei den Deutschmängeln? Und Kurt Biedenkopf, der doch Ministerpräsident in Sachsen ist?! Dr. Yurku überspielt auch dies: »Stimmt schon«, wiegelt er ab, »aber mein Freund Kurt weiß, dsss die weltoffenen Thüringer mit der Finnen-Mentalität weitaus besser harmonieren als die schwerfälligeren Sachsen.« Aha!

Ein bißchen Unruhe ist ausgebrochen: Die Lastwagen sind immer noch nicht da. Aber der Spendenvermittler winkt ab: Es geht doch nicht nur um die läppischen Lastwagen. Nein, 1,5 Millionen Mark sind auch noch gesammelt worden. Verzögerungen? Ja wenn in Finnland meterhoch Schnee liegt und DDR-Straßen reine Lochpisten sind. Und überhaupts: finnische Winter dauern ganzjährig; gerade jetzt ist die Schneestürmezeit; und wer weiß, wo beim desolaten Bankensystem der alten DDR die 1,5 Millionen geblieben sind. Dr. Yurku lenkt ab: Lässt in Suhl für Nächste sammeln, die ärmer sind als die Suhler und findet mit seiner Logik Unterstützer:

»Wenn die finnischen Lkw kommen, laden wir unsere Spenden für Russenkinder drauf, da müssen sie nicht leer heimfahren!« Prima finden das die Suhler, stapeln 3000 Liebesgabenpakete in ihrer Kreuzkirche. Doch es geht nichts weiter, ausgenommen der Dr. Yurku.

Als Mitglieder des Neuen Forums an einem Morgen sehr früh unterwegs sind, sehen sie den Finnen mutterseelenallein auf dem Bahnsteig, ein Köfferchen in der Hand. Sein Pech: Um 4.16 Uhr hätte sein Zug abfahren sollen, aber er hat die übliche Verspätung – 62 Minuten. Hoppla, hiergeblieben, jetzt wird Tacheles geredet. Die Polizei prüft und entdeckt keinen Dr. Karjalainen in der Kartei, sondern einen Hans Müller, 50, arbeitsloser Gärtner, zuletzt in Rostock wohnhaft. Hans Müller ist geständig, fasst vierzehn Tage Haft wegen Zechprellerei, bleibt in Suhl hängen. Die Suhler lächeln wieder, über sich selbst, über den sagenhaften Dr. Yurku Karjalainen, über die Medien in aller Welt, die so ausführlich über ihren Gast berichtet haben. Ihre 3000 Pakete haben sie dennoch nach Russland geschafft, nachdem die Stadt aus ihrem dünnen Etat noch 3000 Mark Transportkosten spendiert hat.

Dass sie über die ganze Geschichte nichts mehr in Zeitungen lesen oder darauf angesprochen werden wollen, hat seinen guten Grund: »Wie oft sollen wir uns denn noch als dumme Ossis auslachen lassen?«

Im Irrenhaus

Ein Briefkuvert, links unten eine Rote Fahne mit gelbem Stern, darunter goldgeprägt: UNBESIEGBARES VIETNAM. Den Brief darin hat Heinz Marschner (75) geschrieben, Bäcker-und Konditormeister, Landpostfahrer, Friseurhelfer, Hausvermieter und Rentner, der sich seit der »Wende« Rentier nennt, was sich zuvor wegen des kapitalistischen Ruchs verbot.

Er hat den Brief am Vorabend des Gedenktages der »Reichskristallnacht« datiert und schnell wird klar, daß dies ein passendes, gutes Omen ist: Denn Heinz Marschner erweist sich als lebendiger Beweis der Tatsache, daß nicht alles Befehlsnotstand war, sich nicht jedermann in der DDR total verbiegen mußte, um winzige Reste moralischer Reputation zu bewahren. Er hat nicht fortwährend geschwiegen wie die Masse der Deutschen, die 1938 im Feuerschein der brennenden Synagogen und nach 1945 noch einmal vierzig Jahre kein mitleidiges Protestwort gefunden haben, als es immer wieder einmal irgendwo aufloderte: Gegen die religiöse Betätigung, gegen wirtschaftliches Engagement, gegen staatliche Willkür und gegen die Allmacht der SED.

Gartenstraße 1 in Pirna, das Wohnhaus Marschners. Ein heruntergekommener lilafarber Renaissancebau, innen eine Wendeltreppe mit ausgetretenen Steinstufen, unten ein geschlossenes Lokal und ein Friseursalon, oben enge Wohnungen. Dieses altstädtische Haus war Pirnas erste Irrenanstalt, bei der Eröffnung das Nonplus ultra der damals jungen Wissenschaft von der Erforschung und den Krankheiten der Seele. Heinz Marschner erweist sich im Gespräch als ein sächsischer Schwejk in Aussehen, Haltung, Mimik, Aktionen und Reaktionen – mit einer Ausnahme: Blödheit konnte man ihm nie bescheinigen, weshalb er dem MfS eine dicke Akte wert war, er sich in dessen Netz jedoch nie verfing.

Das Haus machte er zum irren DDR-Idealbild mit den Marschners als Bürgerliche, selbständiger, dann PGH-Bäcker er, Friseurmeisterin im bis zuletzt eigenen Geschäft seine quicke Frau, ferner einem rasch enttarnten Stasispitzel, einem Parteisekretär und ziemlich am Ende der DDR auch noch einem »Rat des Kreises«.

Niemand traute irgendeinem anderen Mitglied der Hausgenossenschaft, aber Vermieter Marschner hatte den Vorteil, das Hausbuch zu führen. Das tat er so gewissenhaft, daß alle Mieter lückenlos überwacht waren, aus Gründen der oft beschworenen Gleichheit vor dem Gesetz aber niemand wagte, sich zu widersetzen. Nachdem Marschner von eifrigen Parteigängern einmal trotz Wahlfreiheit zu einer Wahl gezwungen worden war, meldete er sich bei allen Abstimmungen als freiwilliger Wahlhelfer, der eifrig vor allem Drückeberger aus der Parteienfront an die Wahlurnen schleppte, so vorbereitete Schwindelstimmzettel überflüssig machte und Parteibonzen zu besonderem Eifer zwang: In den letzten Jahren der dahindämmernden DDR brachte dies nur nach außen eifrige Parteileute in Rage.

Daß sich der Alt-SPD-Genosse dem Staat nicht ergab, hatte seinen Grund in bitteren Schlüsselerlebnissen Marschners in der Kriegs- und unmittelbaren Nachkriegszeit. In Teplitz-Schönau verheiratet, Soldat am Polarkreis und in Rußland, fünfmal US-, sowjetischer und polnischer Gefangenschaft entkommen, hatte er in Rußland erkannt: »Der Sozialismus hat nicht auf-, sondern abgebaut. Und er ist nicht sozial, sondern macht die Masse arm und nimmt ihr so die Menschenwürde!« Als er ins jetzt tschechische Teplice heimkehrte, fand er einen fremden Mann im Bett seiner Frau, die zu den beiden ehelichen noch drei Kinder des Trösters geboren hatte.

Marschner schlich bei Peterswalde (Petrovice) über die Grenze, landete bei Verwandten in Pirna. Als er dort mitten in der Meisterprüfung steckte, kam der Marschbefehl ins Wismut-Uranbergwerk bei Aue. Es gelang ihm, dank einiger Beziehungen zu Parteileuten, die er unter der Hand mit Semmeln, Brot oder gar Kuchen beliefert hatte, diesen Befehl kassieren zu lassen. Marschner: »Da wußte ich, daß es keine gerechte Gesellschaft gab, sondern das Regiment B = Beziehungen.« Dem widersetzte sich der Meister politisch, während er es materiell nutzte: Marschner zog einen riesigen Tauschhandel auf, mit dem er zur lokalen Berühmtheit wurde, mißtrauich von der allgegenwärtigen Staatsmacht beobachtet, sogar überführt, aber niemals bestraft: Er hangelte sich in das Netz der nützlichen Seilschaften ein, parierte jeden Schlag: Seine Bäckerei wurde vergesellschaftet, da wechselte Marschner ins

Landpostamt und setzte dabei noch erfolgreicher seinen Tauschhandel fort. Unterwegs erkundete er bäuerliche Getreide- , Eier-,
Butter- oder Fleischmengen über dem Plan, die er dann von Bauer
zu Bauer tauschte. Die Überschüsse wuchsen rasch über seinen Ei-
genbedarf hinaus und wurden deshalb verkauft, wobei er geschickt
Parteisekretäre, Offiziere, Stasileute und Chargen bediente und
darüber Buch führte. Als Sachsen-Handballmeister und später als
Cheforganisator einer Pirnaer Mannschaft knüpfte er sein Netz
nützlicher Beziehungen immer weiter und zugleich enger – und
bis hinaus in den Westen.

Er und seine zweite Frau reisten dazu quer durch die DDR,
Süd- und Westdeutschland, er erkundete dabei die Grenzregime
und wurde fortan auch ein begehrter, nie bezahlter Schleuser in
den Westen: Drei gefährdete Familien aus Pirna und Umgebung
brachte er in Sicherheit, wagte sich dabei sogar in die CSSR, damals noch reines Minenfeld für Deutsche. Unerschütterlich seine
Nervenkraft: Er brachte die Familie H. über die Grenze, kaum
wieder in Pirna, lief ihm Frau H. über den Weg. Sie hatte sich ver-
laufen, war wieder auf DDR-Boden gelandet und gefaßt, ihr Paß
war eingezogen worden. Sie selbst und Marschner, den sie in der
ersten Vernehmung nicht erwähnt hatte, mußten mit langjährigen
Haftstrafen rechnen. Marschner stibitzte den Paß seiner schwarz-
haarigen Frau, färbte die blonde Frau H. entsprechend, nahm zur
Ablenkung etwaiger Grenzsoldaten seinen verwirrten Schwieger-
vater mit und marschierte mit Frau H. neuerlich über die Grenze.

Über 30 Jahre später erfuhr seine Frau davon: »Nachträglich
hab'ich fast einen Nervenzusammenbruch erlitten!« Bitter: Nicht
eine der Familien, die Marschner in den Westen brachte, hat
sich nach der »Wende« gemeldet. »Man konnte keinem Menschen trauen«, sagte Marschner nach der »Wende«, er hatte es
konsequent so gehalten. Weil sein Zwillingsbruder MfS-Offizier
war, hatte Marschner jeglichen Kontakt vermieden, desgleichen
zur hochrangigen Schwester im Zolldienst: Aber nach Rentner-
Westreisen unterließ er an der Grenze nie den Hinweis auf den
Bruder und die Schwester, »und so konnte ich mitbringen, was
ich wollte.« Er war oft in Nöten: Nach der dennoch geglückten
Flucht der Frau H. wurde er tagelang vernommen, lenkte aber den
Verdacht auf einen Nachbarn, der wie Marschner geschleust hatte

und just am Tag nach der erneuten Flucht der Frau H. gestorben war. Und wenn von seinen Tauschhändeln die Rede war, berief er sich stets auf seine besten Kunden als Leumundszeugen: durchweg Parteibonzen, die eilfertig ihren Marschner raushauten, sogar an jenem Tag, da dessen Landpostwagen gefilzt werden sollte, vollgepackt mit Lebensmitteln und Fleisch: »Laßt unseren Marschner in Ruhe«, lautete die Order des nächsterreichbaren MfS-Offiziers an die Vopos.

Er begriff aber auch, warum die Volkswirtschaft an die Wand fahren mußte: Zwischen Plan und Realitäten klafften Riesenlücken. Als seine Frau und er im eigenen Friseurladen den PLAN um 11000 Mark überschritten, wurden ihnen 8000 Mark Steuern zusätzlich abgezogen und der neue JAHRESPLAN auf das Sonderergebnis dieses einen Jahres angehoben: »Das hätte unseren kleinen Laden ums Haar ruiniert, so etwas tötete jegliches Engagement: Runterdrücken mußten wir den Plan, den Staat stetig begaunern.« Mit der Intuition des Kleingauners spannte Marschner, daß sein eigenes Netz der guten Beziehungen löchriger, das Stasinetz um ihn herum dichter wurde; sein einziger Freund entpuppte sich als Spitzel. Fassungslos stellte Marschner den zur Rede, entwaffnend dessen Erklärung: »Ich krieg' 90 Mark für jeden Einsatz, 350 Mark für jeden, den ich liefere. Bei meinem geringen Einkommen kassier' ich die hohe Prämie so oft ich nur kann!« Älter geworden, wurde der früher immer schlitzohrige Heinz Marschner unduldsamer und unvorsichtiger. Nach mehr als 40 Arbeitsjahren wurden ihm 370 Mark Monatsrente überwiesen, ein Aufrundungsbetrag schon mitgerechnet. Empört schrie Marschner tags nach der Bestätigung in einer Bäckereischlange: »Ich danke Herrn Erich Honecker für das Aufrundungsgeschenk von 1 Pfennig«. Marschners Stasiakte schildert diesen Vorfall mit dem Hinweis, »daß der unrühmlich bekannte Staatsgegner mit asozialen Zügen wieder einmal staatsfeindliche Äußerungen von sich gab.«

Überdies machte ihm ein grausiger Vorfall klar, daß das Leben in der DDR selbst für vorsichtige Regimegegner zum Balanceakt geworden war und die Überwachung lückenlos: In Pirna warfen Jugendliche einen stadtbekannten, verhaßten Stasimajor W. in die Elbe und verhinderten unbarmherzig, daß dieser zurück an Land kletterte; der Offizier ertrank. Stunden später waren die

Täter gefaßt, Tage später in aller Heimlichkeit verurteilt, sämtliche Zeugen so eingeschüchtert, daß viele bis heute schweigen. »Die Wende war eine Erlösung«, sagt Marschner: »Ich hab' über 800 Mark Rente, die Frau über 900. Unser Friseurladen ist geschlossen, aber Wohnungen vermietet; es geht uns gut. Ich bin sicher, wir sind typischere DDR-Bürger als die meisten Wessis ahnen und die Ossis sich bewußt sind: Denn die nie Eingeknickten nach meiner Art sind zahlreicher, als gedacht. Überall gab's solche, die sich mit Anstand durchgebracht haben.«

Und das Briefkuvert mit dem marxistisch-kämpferischen Emblem? »Die gab's mal ganz billig, ich habs gekauft. Wär' doch ewig schad', die wegzuwerfen.«

DEUTSCH-DEUTSCHES UND DIE LIEBE

Wenn man so will, hat die Geschichte der Jewgenija und des Peter Ewert 1944 in Jalta begonnen, obwohl sie beide noch nicht einmal ein Funkeln im Auge ihrer Mütter waren, als US-Präsident Roosevelt, Britanniens Premier Churchill und der Sowjetchef Stalin damals beisammen saßen und die Teilung der Welt verabredeten. Gar nicht so fern von Jalta wurde wenige Jahre später, als die Teilung vollzogen war und die West-Alliierten erkannt hatten, daß es Stalin allein um die Ausdehnung seiner Macht gegangen war, Jewgenija geboren.

Sie, heute Dozentin an der TU Dresden, ist sich der Besonderheit ihrer deutsch-deutschen Beziehung und der Einmaligkeit der Umstände bewußt, leider aber auch der Erkenntnis, daß sie dem Teufelskreis an Bösartigkeiten und Boshaftigkeiten ihrer Vorwendejahre im sächsischen Dresden auch im demokratischen Rechtsstaat nicht entkommt: »Die uns damals mobbten, sind alle noch da!« Die Krim. Heute kennen viele Deutsche aus Ost und West diesen Teil der Ex-UdSSR aus eigener Anschauung: Ein paradiesisches Ferienland, in dem Jewgenija sorgenlos aufgewachsen ist, obwohl ihr Vater sich kritisch mit der Partei und deren örtlichen Repräsentanten auseinandergesetzt und verloren hatte: Parteiausschluß, Erschwernisse für die Familie, Mühen für die Tochter, ihr Studium der russischen Literatur, der Geschichte und der deutschen Sprache abzuschließen waren die Folge.

Der Sommer jenes Jahres, in dem ihr die Lehrbefugnis zuerkannt wurde, blieb Jewgenija als der herrlichste ihres Lebens in Erinnerung. Gute Berufsaussichten, eine fantastische, nie zuvor erlebte Massenernte südländischer Früchte, die man im übrigen Sowjetreich kaum dem Namen nach kannte, Menschen in stetiger Urlaubsstimmung, weiße Kreuzfahrtschiffe im Hafen oder draußen auf Reede – es war ein Sommer der absoluten Harmonie. Der deutsche Schiffskoch Peter Ewert empfand dies ebenso wie das junge Mädchen, das täglich an den Strand lief, badete, kilometerweit ins Meer hinausschwamm, sich nachts von Fischern mit hinausnehmen ließ und in der kühlen Morgenbrise glücklich und gelöst an Land lief: Beladen mit Fischen, die der Familie tagelang Nahrung sicherten, während sie den selbstgekelterten Wein eigener Ernten aus dem kühlen Keller beisteuerte. Es war ein Zufall, daß Peter Ewert und die junge Lehrerin Jewgenija sich am Strand begegneten. Ein abenteuerlustiger junger Mann aus Westdeutschland, dem das heimatliche Ruhrgebiet zu eng geworden war und die Elektrowerkstatt, in der er seinen Gesellenbrief erworben hatte, schlank, weißgekleidet, neugierig, sah die schwarzhaarige, schmale Russin mit den blitzenden Augen und dem lachenden Mund, deren Leinenkleid im Wind flatterte und deren Unbekümmertheit viele Badegäste aufschauen ließ. Eine Stunde später und nach einem »Gespräch« ohne Worte stand Peter Ewert im Elternhaus der Russin und bat ihren Vater formvollendet um die Hand seiner Tochter. Liebe auf den ersten Blick. Ein Rauschzustand, auf Dauer zu konservieren?

Peter war sicher, Jewgenija nicht minder. Ihre Eltern sagten schweren Herzens ja, die Behörden das harte Njet, das sich Jewgenijas Vater ausgemalt, vielleicht gar ein bißchen gewünscht hatte. Ausgeschlossen, daß eine junge russische Akademikerin aus parteifeindlicher Familie einen westlichen Kapitalisten heirate, gab der Ortsbürgermeister zu bedenken. Listig entschieden die Behörden nach Interventionen, die Heiratserlaubnis setze einen vierwöchigen Aufenthalt des Deutschen voraus. Eine Aufenthaltsbewilligung wurde indessen verweigert. Peter Ewert entschied: Ich bleibe, legal.

Wie ein Stier rannte er mit dem Kopf gegen einen mannshohen Felsen an, brach zusammen, wurde ins Krankenhaus eingeliefert, wo ein Arzt eine schwere Gehirnerschütterung dianostizierte und Ruhe verordnete. Der mitleidige, ein wenig romantisch angehauchte Krankenhauschefarzt sorgte dafür, daß der Krankenhausaufenthalt genau vier Wochen dauerte. Er endete mit einer glanzvollen Hochzeit der beiden Liebenden, die die halbe Krim anlockte, Bürgermeister inklusive. Tags drauf mußte Peter Ewert abreisen und es begann das jahrelange zermürbende Warten auf die Ausreisegenehmigung für seine Frau, deren Schwangerschaft sich wenige Wochen später herausstellte.

Es ging ihr schlecht: Die Lehrbefugnis war entzogen, ihrem Mann jegliche Einreise verboten worden. Ihre Tochter wurde geboren, doch den Vater erreichten nicht einmal die Briefe seiner Frau und die inliegenden Fotos seiner Tochter. Jahrelang blieb es beim kalten Njet. Mittlerweile war Jewgenija Ewert so zermürbt, daß sie Peter in einem von der Botschaft zugestellten, halbamtlichen Brief um die Scheidung bat: »Es hat keinen Zweck, wir kommen nie mehr zusammen!« Der Brief war ihr diktiert, für das Einknicken eine Dozentinnenstelle in Aussicht gestellt worden, die sie zur Unterhaltssicherung dringend benötigte. Denn die persönliche Kontaktsperre, die die Behörden rücksichtslos durchsetzten, beinhaltete auch das wieder und wieder bekräftigte Verbot, Geldsendungen aus dem kapitalistischen Ausland anzunehmen. Doch ein Satz in diesem Brief war für Peter Ewert das entscheidende Stichwort: »Die Behörden haben mit mitgeteilt, daß sie eine Familienzusammenführung ins kapitalistische Ausland keinesfalls genehmigen werden!«, hatte Jewgenija geschrieben. Peter Ewert kündigte unverzüglich seinen Schiffsjob, löste die volleingerichtete Wohnung in Essen auf, verkaufte den Hausrat und zog in die DDR.

Nach einigen Wochen im Aufnahmelager wurde er nach Dresden verwiesen und durfte dort im erlernten Elektrikerberuf arbeiten. Ein Fortbildungskurs wurde ihm bewilligt, doch weil dessen Fachlehrer eine Versuchsanordnung mit Starkstrom mißglückte, durchliefen den Facharbeiter Peter Ewert 3500 Volt vom linken bis zum rechten Zeigefinger: Eine Herzschädigung und Invalidität waren die Folge, Peter Ewert wurde Rentner. Daß er nicht total zusammenbrach, verdankte er einem Sowjetentscheid, als er sich völlig am Ende glaubte: Jewgenija und ihre Tochter erhielten die Umsiedlungsgenehmigung nach Dresden, wo sie eine Dozentur antreten durfte. Sie fanden eine Wohnung, die Liebe hatte sich nicht verflüchtigt, es traf sich gut, daß Peter den Haushalt managen konnte.

Doch an der TU erlebte Jewgenija nur Mißtrauen und Haß: Wer in der UdSSR studiert hatte und in die DDR wechselte, konnte nach Überzeugung der Kolleginnen und Kollegen nur ein Spitzel sein, wer von der Krim kam und gleich eine Dozentur erhielt, mußte einen Geheimauftrag haben. Alsbald als Dolmetscherin bei den deutsch-sowjetischen Freundschaftsbegegnungen im Dresdner »Blockhaus« eingesetzt, die allemal in Trunkenheitsexzessen endeten und mit dem üblen Gehabe deutscher Funktionäre, die sich über die Lebensart ihrer russischen »Freunde« mokierten, begriff Jewgenija Ewert rasch, welche Diskrepanz zwischen den öffentlichen Freundschaftsbekundungen und der Realität klaffte. Jewgenija wurde zur Zielscheibe der Aggressivität der Deutschen, die sich unterdrückt fühlten, wurde wieder und wieder aufgefordert, zu verschwinden, kassierte nur die Hälfte des üblichen Dozentenlohnes, wurde rund um die Uhr beobachtet und gleichzeitig der Stasispitzelei verdächtigt. Sie wurde nie höhergruppiert, erhielt keinen deutschen Paß, die Tochter keinen Studienplatz. Das »Russenbalg« durfte an keinen Schulreisen teilnehmen und mußte sich trotz Bestnoten einen Moskauer Studienplatz verschaffen, dessen Kosten ihre Eltern belastete. Achtzehn Jahre ertrugen die Ewerts dank ihrer Liebe das schiere Elend, die Ausgrenzung, die sichtbare, ja hörbare Verachtung, die totale Vereinsamung und die soziale Notlage.

Und mit der »Wende« kam die Aufforderung der Kollegen, »nun endlich hinter den Ural zu verschwinden«. Ein bald darauf wegen verschwiegenen MfS-Kontakten fristlos gefeuerter Dekan: »Für Altlasten wie Sie haben wir an der TU Dresden keinen Platz!« Doch die Ewerts überstanden auch dies. Ihre Tochter absolvierte ihr Literaturstudium mit Bravour, für Peter Ewert errechnete sich plötzlich eine weitaus höhere Rente. Und Jewgenija wurde wieder Dozentin unter Anrechnung ihrer vielen Dienstjahre, die zuvor verweigert worden war, unter gerechter Finanzeinstufung.

Die Eheleute unisono: »Unsere Liebe stand oft auf dem Prüfstand, war dabei aber nie in Gefahr. Noch einmal wär's nicht durchzustehen. Aber wieder vor der Wahl: wir würden alles genauso machen wie damals!«

LUFTGESCHÄFTE MIT WASSERPUMPEN

Iljitsch Walter (er heißt wirklich so: sein Vater war ein begeisterter Lenin-Fan und Walter-Ulbricht-Opportunist!), I. W. M also hatte als Bauleiter in Rostock einen guten Namen und war von Haus aus Installateur mit Meisterbrief und Diplom.

In der »Wende« hatte er's gepackt, aus der PGH auf Kredit den Installateurs-Betriebsteil herausgekauft, 15 Kollegen mitgenommen und nach wenigen Monaten so viele Aufträge, dass er den Betrieb auf mehr als hundert Mitarbeiter erweitern musste. So weit war alles gut gegangen, ohne westliche Hilfe. In seinem Selbstbewusstsein bestärkt fühlte er sich, als ein Brief mit US-Marken auf seinen Tisch flatterte, Umschlag und Briefpapier feinstes Bütten, Briefkopf eines US-Konzerns mit endlos vielen Filialen in aller Welt.

Und das tollste: Generaldirektor W. A. Murphy bot dem Rostocker Unternehmer die Lieferung neuartiger Wasserpumpen mit Reinwasserfilter an, die er für 100 Mark kaufen und für 216 Mark verkaufen dürfe. Die Lieferung bei Abnahme von 1000 Stück beinhalte zugleich eine bundesweite Werbekampagne, ferner die Lizenz für die Serviceverträge zu 25 Mark pro Stück. Eigentliches Lockmittel war aber, dass Iljitsch Walter M. die Alleinlizenz für ganz Deutschland versprochen wurde, wofür er einmalig nur 50000 Dollar bezahlen müsse, und dass die Pumpen und der Filter eine eigenständige US-Erfindung seien, gesetzlich geschützt, vom Bundesministerium in Bonn und dem Bundesgesundheitsamt in Berlin ausdrücklich sowohl zugelassen als auch empfohlen. I. W. M. grübelte zwei Tage, besprach sich mit seinen Mitarbeitern, rechnete aus, wieviel Fahrzeuge er für den Vertrieb und den Einbau brauche, wie hoch die Tagesspesen für die bundesweit eingesetzten Mitarbeiter seien, und er kam zu dem Ergebnis: Es rechnet sich – eine Goldader! Bei aller Vorsicht vergaß er, sich erst einmal ein Gerät genau anzuschauen, es dann von Experten bewerten zu lassen und, bei Eignung, in Bonn und Berlin nachzufragen. Er nahm einen Kredit über 50000 Dollar auf, und es wunderte ihn nicht, dass der Bankmanager sich offensichtlich bestens auskannte und sofort zur Sache kam: Es erwies sich, dass er gut informiert, mit dem US-Anbieter persönlich befreundet und insgesamt Feuer und Flamme für das Wagnisgeschäft war. I. W. M. bestellte 2500 Pumpen samt Filter und Ersatzteilen, ging davon aus, dass er sie auf Kommission bei Bezahlung nach dem erfolgreichen Verkauf bekomme und wunderte sich, als er den ersten Kontoauszug nach der Bestellung las: 250000 Mark waren da »für eine US-Pumpenlieferung« abgebucht; das ging ins Geld. Da hierfür keine Deckung vorhanden gewesen und kein Kredit bewilligt war, berechnete die Bank 16 Prozent Zinsen; dass sie ohne Auftrag einfach abgebucht hatte, nannte der freundliche Bankmanager »normal: Sie haben bestellt, wir haben überwiesen!«

Illjitsch Walter M. beschwerte sich bei der Bankzentrale, die cool versprach, »nach Prüfung aller Unterlagen und gegenseitiger Aussprache könnten wir uns eine Rückbuchung auf Ihr Konto vorstellen«. Es gab keine Entschuldigung, keinen Stopp der Zinszahlungen, nur den unverbindlichen Brief. M. war etwas beruhigt, wenn auch nicht zufrieden. Das Geschäft ließ sich gut an. Den bundesweiten Allein-Lizenzvertrag im Gepäck, reisten Mitarbeiter los und verkauften in der ersten Woche einige Pumpen mit Filter. Das verwunderte niemand, denn jedermann wusste, dass es Gebiete mit hundsmiserablem Wasser gab. Es gab aber auch einen Zwischenfall: Als zwei Pumpen in einen Neubau bei Stuttgart eingebaut werden sollten, schaute sich der Bauherr das Gerät an, interessierte sich vor allem für den Markenaufkleber darauf und wollte nun ganz genau informiert werden. Sein Interesse an der Pumpe beruhte darauf, dass die Schwabenmetropole ein sauhartes Wasser hat und der Bauherr hoffte, den Kalk ausfiltern zu können – eben das, was der US-Hersteller versprochen hatte. Zwei Anrufe genügten und der Bauherr, Leiter eines Gesundheitsamtes, wusste, dass weder das Gesundheitsministerium, noch das Bundesgesundheitsamt das Gerät je gesehen, geschweige denn es befürwortet hatten.

Es kam noch schlimmer: Der Bauherr zeigte Experten die Pumpe, die sie als »Glump« abtaten, irgendeine Wirkung sei nicht nachweisbar, die Gesundheitswerbung unlauter, wenn nicht betrügerisch. Den lauten Wortwechsel zwischen Bauherrn und Installateur hatte ein schwäbischer Installateur im benachbarten Neubau mitbekommen, und so schaute auch er sich an, um was es ging. Große Verwunderung – auch er war mit solchen Pumpen und Filtern vom selben US-Hersteller beglückt worden und besaß einen Allein-Lizenzvertrag für den bundesdeutschen Vertrieb samt Service; kurzum: Eine Handwerkskammer-Umfrage ergab, dass 60 Installateure in Deutschland »Alleinlizenznehmer« waren, jeder mit 50000 Dollar geleimt. Allen waren auch die Lieferkosten abgebucht worden, obwohl alle auf Kommissionsverträge gesetzt hatten. Das US-Unternehmen, dessen Lieferkisten verdächtig schnell vor den Firmen gestanden hatten und alle aus Köln gekommen waren, hatte ein Millionengeschäft mit Pumpen gemacht, die noch in der DDR entwickelt und teils dort auch gebaut worden waren. Sie waren im »Wende«-Trubel nicht mehr auf den Markt gelangt, Gauner hatten sie als Schrott gekauft, mit einem gefälschten US-Wapperl versehen und dann verscherbelt. Die finanzielle Seite der Unternehmung war dem Ex-Staatsbanker übertragen, der Illjitsch Walter M. Filialleiter war und es traf sich, dass Illjitsch Walter M. dessen Arbeitsplatz in der jungen Bankenniederlassung nicht nur kannte, sondern zusammen mit anderen Geprellten alsbald aufsuchte. Wütend standen sie in der Filiale – zu spät: Der Banker war weg, die Konten abgeräumt. Und eiskalt servierten dessen Nachfolger und die Vorgesetzten in der Zentrale ihre betrogenen Kunden ab: »Was Sie mit unserem ehemaligen Mitarbeiter ausgemacht haben, geht uns nichts an. Wir haften nicht!«

Es kam noch dicker: Mitten in die Verzweiflung des Unternehmers M. platzte die Treuhand mit einer Forderung auf Nachzahlung von Lizenzgebühren – ihr war ja das DDR-Patent zugefallen und sie verlangte ihr Geld »im Namen des Volkes«, so vom zuständigen Handelsgericht alsbald bestätigt.

Illjitsch Walter M. Managerkarriere hat damit geendet, dass er sein eben zurückübertragenes Haus verkauft hat, den Zweitwagen seiner Frau, die Büroeinrichtung; dann hat er für sich privat den Konkurs angemeldet, desgleichen für sein Unternehmen. Seine Mitarbeiter haben ihm aber die Stange gehalten. Sie haben ihr Konkursausfallgeld für drei Monate zusammengelegt, eine neue Firma mit gleichem Unternehmenszweck gegründet, die bisher eigenen Räume gemietet, alte Möbel beschafft und in die Hände gespuckt. Und dann haben sie ihren Ex-Chef als Geschäftsführer und Meister eingestellt. Damit ihnen neue Schrecken dieser Art erspart blieben, schauen sie sich dann und wann im Kellerraum des Betriebsgebäudes um: Da liegen 2241 Pumpen samt Filtern, die sie nicht einbauen dürften, selbst wenn sie sie alle auf einmal verkaufen könnten – eine Lizenz hat sich der Betrieb nämlich nicht mehr leisten können.

Illjitsch Walter M.: »Ich war so sicher, es geschafft zu haben, dafür hock'ich jetzt wieder, wo ich immer war: in einem volkseigenen Betrieb, der freilich so nicht mehr heißt, es aber nun wirklich ist: Jeder Mitarbeiter ist Miteigentümer, nur ich bin nur Angestellter auf Mindestlohnbasis im Sozialhilfesatz!«

NASSMACHEN

Einen Augenblick funkelt es in den Augen des Karrosseriebauers Kudl W. Er hebt beide Hände in Kopfhöhe, schiebt erst die eine nach vorne, dann die andere: Die linke Hand deutet auf den grünen Golf GTI, zehn Zentimeter tiefer gelegt, ausgeweitete Ansaugkanäle, heiße Nockenwelle, unbegrenzte Kraft.

Der Doppelrohrauspuff sorgt für den nötigen Sound, die 225er Gummis schreiben auf ewig deinen Namen auf den Beton. Die rechte Hand weist auf einen gammeligen Polo, aber der hat einen Turbolader, und beide stehen am Start, nervös spielen die Fahrer mit Kupplung und Gas, so dass die Karren rucken und zucken, bis die Motoren aufbrüllen – und dann sind sie losgelassen! Wahnsinn – »und was denkste: der Polo hat den Golf nassgemacht!« Sagt Kudl, seine Augen funkeln. Dabei hat er's gar nicht selbst gesehen, sondern nur von einem erfahren, der dabei war; alle echten Teilnehmer waren von auswärts gekommen, aus Erfurt, Weimar, Jena, Gotha, vom Rennsteig. Ist ja nicht so einfach, zu erfahren, wo's abgeht, weil, verboten ist es ja überall.

»Illegale Straßenrennen in Arnstadt«, meldet die Agentur. Sie könnte auch Aue, Dresden, Bischofswerda schreiben, oder Hoyerswerda – nein, letzteres nicht, »so dicht bei Schwarze Pumpe inne Pampa geht nix, 30 Prozent arbeitslos, niemand Geld, die noch Hoffnung haben, weggezogen«; nein, bleiben wir bei Arnstadt: »Pforte zum Thüringer Wald«, 18 Kilometer südlich von Erfurt, und wär's auch näher dran, wär's dennoch nix, hat eh nur 30000 Einwohner. Martin Luther schrieb: »Schüssel gesottener Krebse, garniert mit Petersilie dort genossen« (pfui Deibel!), Goethe ist zweimal durch Arnstadt durchgeeilt. Arnstadt, das ist Kleve oder Höxter, Hemer oder Hengersberg plus Ex-DDR, keine Chance plus nix auf der Latte, trotz Plakaten vom Kulturamt, auf denen steht: »Beratung des Arbeitslosenverbandes« oder »Gesprächsgruppe für Diabetiker« oder, noch spannender: »Beratung des Betreuungsvereins des AWO-Verbandes Ilmenau e.V. des Arnstädter Bildungwerkes e.V.« Auch »Traditionelles Ostereiersuchen« ist angesagt und irgendein Stück auf'm Theater; für Burschen, die irgendwann als Männer ihren Mann stehen wollen (oder einfach nur fernbestimmt sollen?!) gibt's nur die Betonpiste im Gewerbegebiet Rudisleben. Zwischen »Süßer Wolf« und »Ihr persönliches Einrichtungshaus ESO-Möbel« gibt es 200 Meter glatte Fahrbahn, wie man sie weitum nicht kennt.

Zwanzig oder mehr heißgemachte Fahrzeuge, denen man das nicht ansieht, stehen hier, abends um neun oder später, Hunderte sind gekommen, um sich die Wagen und die Rennen anzusehen. Solche Rennen kennt der Osten überall seit der Wende, paarweise sausen die Wagen ab, es gibt nur Sieger und Nassgemachte und da und dort Fachgespräche: wie drück' ich die hochgekitzelten PS auf die Trasse, ohne dass die Walzen durchdrehen? Die Polizei hält davon nichts und von den Rennen überhaupt nichts und von den Basteleien auch nicht; sie hat nur Angst um die Zuschauer, wenn mal so ein Kasten ausbricht.

Wenn sie kommt, dann meist in Massen, so dass sie alle Ausfahrten besetzt, jedes Fahrzeug und alle Leute dort kontollieren kann; sie tut das mit aufreizender Gelassenheit, so dass an solchen Abenden Rennen enden – ausgenommen, die Rennleiter ahnen's voraus und setzten die tatsächlichen Rennen ein paar Kilometer abseits an – da kommt's halt ganz auf die Schnelligkeit im Denken, Planen und Propagieren an. Manchmal ist die Polizei aber anonym informiert und wartet schon am Ausweichplatz: So anonyme Spitzel haben sich teils aus Vor-»Wende«-Zeiten gehalten und spitzeln aus reiner Gewohnheit, oder sie schalten die Konkurrenz aus, weil's eigene Geschäft verhagelt werden könnte; es geht ja immer auch um Geld, viel Geld!

Die Polizei Arnstadt fühlt sich nicht wohl. Ihr Domizil ist eine Festung aus DDR-Zeiten, niemand betritt sie ohne Kontrolle, und Hauptkommissar Loyen wirkt gar nicht froh darüber. Er philosophiert gerne, kennt sich mit den Mannbarkeitsriten moderner Jugendlicher aus, »die den starken Mann markieren müssen«. Loyen ist Westimport aus dem Raum hinter Köln und er macht den (Ost-)Kollegen vor, wie moderne Polizei heute arbeitet: »Eigenmotivation, Ziele erfassen, rausmarschieren, Täter festnageln.« Die Raser ließe er im abgeschlossenen Gewerbegebiet gerne rasen, aber das erlaubt Paragraf 29 StVO nicht, der »übermäßige Straßenbenutzung« verbietet, soll heißen: unnötige, Zweck ungebundene,

Vergnügen; Loyen muss, wen er erwischt, um 50 Mark erleichtern, die ihnen bitter abgehen. Und weil er eben seine Dienstphilosophie hat, macht er's, seit er und seine Männer immer wieder Renner erwischen, ganz streng: Bringt die DEKRA mit, die unerlaubte Umbauten an den Fahrzeugen nachweist, weshalb viele aus dem Verkehr gezogen werden müssen. »Denn sie wissen nicht, was sie tun«, sagt Loyen zur Erläuterung, »aus'm James Dean Film – kennen Sie doch sicher noch?«

Der James Dean Arnstadts sitzt vorzugsweise im »Holzwurm« oder anderen »Jugendkneipen«, die das eigentlich nicht sind, sich so aber bezeichnen. Reichlich Radeberger hinter der Binde und Nordhäuser, rotes Gesicht, rebellische Blicke. Sehr aufreizend lehnt er an der Theke, raucht mit Bedacht F6, redet wenig, hat keine Arbeit, auch keinen Führerschein. Er träumt von der Zukunft, aber nur, wie James Dean: »Jung leben, jung sterben!« Er nickt dem Wirt bestätigend zu, der erzählt, wie's zu DDR-Zeiten hier war, egal: »Alles war besser. Die Jugend war beschäftigt, in der Freizeit auch!« Manchmal fügt er an: »Aber keiner will die DDR wiederhaben«, dabei preist er die Bande, die er damals lenkte: Alle mit Motorrädern, wenige mit Autos obendrein. Alle schraubten stets daran herum, um ihre Fahrzeuge zu Boliden zu machen wie den uralten Lada, den sie auf 160 gebracht hatten. »Ja, wir hier im Osten, wir können schrauben; unsere Jungs mit den aufgemotzten Karren brauchen keine Kfz-Werkstatt.« Mein lieber Mann, wie er das verachtungsvoll rausgewürgt hat: »Kfz-Werkstatt …«

Wie er sich umdreht und über Nockenwellen und aufgebohrte Motoren geschwärmt hat, ist James Dean tatsächlich im Stehen an der Theke eingeschlafen. Er rafft sich hoch, wankt aus dem Haus. Aufschriften sind zu lesen an der abgefuckten Straße, die er heim marschiert, Hände in den Taschen, Zigarette im Mundwinkel; ein alter Wolga prescht durch die Schlaglöcher. James Dean klingelt beim FREIEN WORT, ein Fenster öffnet sich, die Lokalausgabe des FREIEN WORT fliegt ihm in den Arm. Doch ehe er reinschaut, lugt James Dean noch durch die Scheibe in den AMI-Laden – der hat alles, was James Dean äußerlich ausmacht. T-Shirt in XL für 19,90 Mark. Hat unsere James Dean aber nicht. Weiter, die Zigarette ist rausgefallen. Auf dem Marktplatz ein Denkmal, ein laut Verkehrsamts-Broschüren »umstrittenes«, das angeblich den jungen Bach zeigt. Der hat's wirklich einmal vier Jahre in Arnstadt ausgehalten, bis er dem Dauerärger wich: Eine Prügelei, seine Musik, eine »frembde Jungfer« waren die Ursachen. Umstritten das Denkmal: Schaun'S nur streng hin auf Johann Sebastian den ganz jungen. Der lümmelt auf einem Pfosten, schaut rebellisch in die Ferne (oder sehnsüchtig?!), hat das Hemd weit offen, die Beine gespreizt, Schuhe an den Füßen, die Cowboyboots verdammt gleich sehen – kein Zweifel: DAS ist James Dean (in Arnstadt?!?), der vom Film nur Wiedergeburt, der von der Theke, der übern Ledermarkt runtergeschaukelt ist, nur ein Widergänger.

Nein, der auf dem Podest ist's, James Dean. Und niemand sonst! Alle nur nassgemacht, wie die vielen Schrauber, die Loyden heute genagelt hat.

WILLY JAGOW, SPANIEN, KZ UND DIE WENDE

In seinem Kopf hat's zuletzt nicht mehr gestimmt. Ur-Ängste aus seiner Haftzeit in Konzentrationslagern haben ihn belastet. Doch dann hat Willy Jagow ein schönes Begräbnis gehabt. Drei dutzend Treue gingen mit ihm, freiwillig und wirklich ergriffen. Musik hat's freilich keine gegeben, dabei hat der Willy die, nämlich »Ich hatt'einen Kameraden« von seinem Kameraden Hans Beimler, so sehr geliebt.

Mai 1991. Ein schöner Frühlingstag, leichter Wind über dem Rostocker Friedhof. Das Urnenfeld, darin ein winzig kleines Loch, in das die Urne des mit 86 Jahren gestorbenen Willy Jagow gestellt wird, Kränze und Blumen darüber. Die werden in wenigen Tagen auf dem Komposthaufen landen. Und dann ist Willy Jagow und das, was er verkörperte, endgültig vergessen. Gut, dass es die eigene Beerdigung war: Willy Jagow hätte sonst verbittert zugeschaut, wie man einen Kumpel verscharrt. Nach DDR-Ritus wäre die Urne in einen Ehrenhain getragen worden. Eine Straße allemal, vielleicht sogar eine Schule hätte seinen Namen bekommen. NVA- und Staatsvertreter, Schul- und Betriebsdelegationen hätten an der Beerdigung teilgenommen. Und die Sprecher hätten über Sozialismus und sozialistische Moral und Ethik, über Traditionen gesprochen und das Vorbild gewürdigt.

Hätten, hätten … Alles vorbei. Willy Jagow war am 19. Juli 1936 als dritter von zwölf Ausländern in die antifaschistische Rekrutierungsliste der Milizkämpfer gegen Franco eingetragen worden, in Barcelona. Seine Gruppe war zur Hunderschaft, zuletzt zum Thälmann-Bataillon aufgestiegen und alle die wenigen Überlebenden hatten bis zur »Wende« große Begräbnisse bekommen mit Ehrengrab, Tusch, Salut und Ehrengeleit. So, nach der »Wende« im kleinen Kreis beerdigt, räumten seine Freunde ein, »dass unser Willy immerhin von den Treuen begleitet wird.« Was heißen sollte: Wie alles in der DDR waren auch die großen Beerdigungen zum reinen Ritual verkommen: die Begleiter einbestellt, hatten die immer lustlos herumgestanden und die Lobreden gar nicht mehr gehört – jedermann kannte sie bis zum Überdruss. Der Kommunist Willy Jagow hatte viele Menschen sterben sehen, die er zu keiner Beerdigung begleiten konnte: Zwischen 1936 und 1939 waren in den Volksfronteinheiten von 5000 deutschen Freiwilligen über 3000 gefallen, nicht alle Kommunisten, sondern Sozialdemokraten, Christen, Anarchisten darunter. Und von den Überlebenden starben zahllose später in französischen Internierungs- und in deutschen Konzentrationslagern. So schlimm hatten sie dort gelitten, dass Willy Jagow in seinen letzten Lebenswochen sich dorthin zurückverlegt glaubte und den besten Freunden nicht mehr traute: »Gehörst Du zur Wachmannschaft? Wohin wollt Ihr mich jetzt noch verlegen?«

Willy Jagow entstammte einer katholischen Familie im Saarland. Drei seiner Schwestern waren Ordensfrauen geworden, er Kommunist. Niemand kannte ihn als Theorie-Ideologen, Marx und Engels galten ihm als bewunderte Namen und mehr nicht, ihre Schriften hatte er nicht verstanden, ihre Idee freilich schon. Ein Draufgänger war er, ein Mensch mit Emotionen, der streng und strikt nach gut und böse unterschied. Den Kohleschacht, traditionell Arbeitsplatz seiner männlichen Verwandten, hatte er weder gemocht noch verkraftet. Der Inländer war aus dem Pütt ausgefahren und ausgebüxt und dann zur See gefahren. Nach dem Reichstagsbrand hatten die Nazis den unschuldigen Willy Jagow ins KZ Börgermoor verfrachtet. Noch Jahrzehnte danach hat er wieder und wieder das Lied von den Moorsoldaten gesungen: ein Mann, der seinen Mitgefangenen Carl von Ossietzky bewundert und sich der schwächeren Kameraden angenommen hatte. Und der geflohen war: ein SA-Mann hatte hinter ihm hergeschossen und ihn getroffen, doch Willy Jagow hatte durchgehalten und war ins Ausland entkommen.

Später war er kaltblütig heimgekehrt, als die Saarländer 1935 über ihr Schicksal entscheiden durften; da sie sich fürs Reich entschieden, tauchte er unverzüglich wieder unter. Spanienkampf. 1939 bricht der Republikaner-Widerstand gegen Franco zusammen. Streitereien der Milizen, mangelnde Unterstützung, massive Hilfseingriffe der Deutschen Wehrmacht und Luftwaffe – es hat viele Gründe für den faschistischen Sieg gegeben. Dass Stalin die heimkehrenden russischen Militärberater und Freiwilligen umbringen lässt, weil er deren Ideen und Erfahrungen fürchtet, nimmt Willy Jagow einfach nicht zur Kenntnis. Er träumt lebenslang von der internationalen Solidarität. Die UdSSR kann nicht schlecht, ihr Weg kann nicht falsch, Stalin kann kein Mörder sein, weil nicht sein kann was nicht sein darf. Er bewundert die Russen. Im KZ Sachsenhausen hat er sie sterben sehen, mit Stalins Namen auf den Lippen. Und er verachtet Schriftsteller und Filmer, die den antifaschistischen Kampf distanziert sehen und Mängel darin entdecken: Willy Jagow lobt die Action-Streifen und Schriftsteller, die diesen Kampf ideologisch rein nachvollziehen und damit Männer wie Willy Jagow würdigen. Aus Spanien hat er fliehen müssen, ist im französischen Internierungslager, von dort im Zuchthaus Düsseldorf gelandet: Dort sieht er erstmals seine Tochter, die schon sechs Jahre alt ist.

Und noch einmal vergehen Jahre, bis Russen ihn 1945 aus jenem Todesmarsch heraus befreien, den die Sachsenhausener KZ-Häftling zuletzt noch hatten antreten müssen. Er wird Polizist, fährt später als Kulturoffizier wieder zur See, hat Spanien nicht vergessen. Er spart und bettelt bei Bekannten für Päckchen mit Nahrung und Kleidung zugunsten politischer Häftlinge in Spanien. Er besteigt im Rostocker Hafen spanische Schiffe, um Sprache und Kontakte zu pflegen. Das ist zwar verboten, doch er schert sich nicht darum, diskutiert mit spanischen Matrosen, schickt ihren verarmten Familien Geld. Die SED-Bonzen ignorieren das, Willy Jagow ist ein stadtbekanntes Original und politisches Vorbild, das nebenher mit Kindern bastelt. Als er ins Altenheim umzieht, schenkt er seine Möbel vietnamesischen Nachbarn, die als Vertragsarbeiter ins Land geholt worden waren, aber in Gettos lebten – er allein unterhält auch zu ihnen gute Nachbarschaft, »sollen DIE doch reden!«

Doch zugleich lebt er sich immer weiter in die Vergangenheit zurück. Wirkliche Karriere hat er nicht gemacht, doch die Bonzen kritisiert er trotzdem nicht: Solidarität und Loyalität bestimmen sein Verhalten, überdies hat er mit der Betreuung der 70 Spanienkämpfer, die noch in der DDR leben, viel Arbeit. Die »Wende« kommentiert er gelassen: »1933 war's schlimmer!« Egal, wie's kommt: Willy Jagow bleibt seinen Überzeugungen treu. Auf Bürgerversammlungen und an Runden Tischen spricht er über die Vergangenheit, verteufelt den Kapitalismus, würdigt

Marx, dessen Schriften er kaum kennt. Man respektiert den alten Mann, belächelt seinen Eifer, während alle anderen Ewiggestrigen gnadenlos ausgepfiffen und von den Podien vertrieben werden. »Ich habe nie geweint«, hat er lebenslang seiner Tochter beteuert. Er log, denn einmal hat er geweint: Da hatte Ende 1989 ein Brief in seinem Postkasten gelegen: »Holen Sie im Kulturhaus Schnitzereien, Orden und Erinnerungsstücke ab«, hat's da geheißen. Es ging um jene Sachen aus seinem Leben, die er Schulen geschenkt hatte: Selbstgeschnitzte Panzer und Schiffe aus dem Spanienkrieg, Erinnerungsstücke an KZ.

Die waren irgendwann, aber ohne sein Zutun, im Kulturhaus zu einer Gesamtausstellung zusammengefasst worden. Aber als er ankam, hatte er nichts mehr vorgefunden, auch nicht die Intarsienarbeit, in die Willy Jagow jene Kugel eingearbeitet hatte, die ihn bei Saragossa verwundete. Da hat der alte Kämpfer still geweint und ist wie binnen Minuten um einige Jahre gealtert klappriger denn je heimgegangen, verstohlen und dicht an den Häusern vorbei; ihm war, als wäre er hier nicht mehr erwünscht und auch nicht mehr sicher.

Ach ja, Spanien. Er hat's noch einmal wiedergesehen. 1987 hat ihm die DDR-Regierung eine Reise dorthin bewilligt: 15 Mark West gab's dazu, ferner die 20 Mark, die ihm die Tochter heimlich zugesteckt hatte, eigentlich für andere Zwecke gespart, nun aber aus Mitleid weggegeben. Diese Summe hat gereicht für die Fahrt bis Saragossa. Wie er weiter- und schließlich zurückgekommen ist, hat Willy Jagow nie ausgeplaudert. Rebelliert hat er dennoch auch danach nicht. Kritik an jenen, denen er den Weg geebnet hat? Willy Jagow hat nur bestimmte Wahrheiten zur Kenntnis genommen, obwohl er alles andere als ein williger Opportunist war. Überhaupt nicht angenommen hat er jene ganze Wahrheit, die so bitter und so verteufelt war: verraten worden zu sein!

»Na ja, so war er halt, unser Willy«, sagen ein paar Trauergäste, als sie sich verabschieden. Wischen sich verstohlen Tränen aus den Gesichtern. Vorbei. Ein Loch im Grasboden, eine Urne darin, eine Namenstafel am Rande. In der Stadt werden eben jene Tafeln an Straßenschildern und Häusern entfernt, die an solche wie Willy Jagow erinnerten.

MUTIGE ENTSCHEIDUNGEN

Wahrscheinlich erlebt Elisabeth Schumann nie mehr einen solchen Augenblick völligen Insichs.

Es war ein Dienstagnachmittag im Juni '98, ihre Kinder waren zum Einkaufen gefahren, ein Enkel auf dem Friedhof in Irfersdorf, wo zwei Männer ihrem Sohn das Grab schaufelten und der Enkel seinem im Leichenhaus aufgebahrten Vater Kerzen aufstellte und Blumenkränze an den schlichten Sarg legte. Und so saß die über Achtzigjährige in Oberemmendorf am Fenster des Hauses ihrer Schwiegertochter Gunda und ihres vor 66 Stunden gestorbenen Sohnes, der ihr, der sie »nur« die Stiefmutter gewesen war, der von den sächsischen Nachbarn misstrauisch beäugte »Flüchtling aus Schlesien« (woher früher die kaum beachteten Saisonarbeiter gekommen waren!), unter den drei Kindern ihres Mannes das liebste gewesen war: Nicht, weil sie eine ungerechte Mutter gewesen wäre, sondern weil Conrad, der meist ausgelassene, fröhliche und doch auch häufig so nachdenkliche Bub ihr entrissen worden war auf eine widersprüchliche, leidige Weise – und das binnen 35 Jahren gleich zweimal.

Conrad Schumann hieß dieser Sohn, als 19-jähriger Volksarmee-Wachtmeister war er zur bewaffneten Sicherung des Berliner Mauerbaues scharf munitioniert an die Bernauer Straße abkommandiert. Als erster von über 2100 geflohenen Uniformierten der DDR war der schlanke Sachse in einem Augenblick verzweifelten Mutes und in der zermürbenden Erkenntnis hoffnungsloser Verlassenheit und fortdauernder Einsperrung über die Stacheldrahtrollen mit ihren scharfkantigen Schneidspitzen gesprungen, die den geplanten Mauerverlauf markierten, als die eigentliche Mauer erst in Ansätzen erkennbar war.

»Hätte ich's geahnt oder gar gesehen, hätte ich noch auf ihn zulaufen können, ich hätte ihn um jeden Preis aufgehalten, auch um den eines scharfen Schusses«, sollte nach dem Mauerfall der beste Freund Conrads aussagen; gewiss: er hatte unter dem Misstrauen der Vorgesetzten und unter der Wut der düpierten DDR-Bosse gelitten, die ihm nicht abnahmen, vom besten Freund nicht eingeweiht worden zu sein. Aber genau diese Aussage bewies, dass Conrad Schumanns Überlegungen zutreffend gewesen waren: Es war nur dieser Weg geblieben, der fortdauernden Einsperrung 17 Millionen Unschuldiger zu entgehen. Conrad Schumann hatte die aktuelle und die künftige Situation richtig beurteilt: Drahtrollen lagen dort, dahinter hastig abgeladene Betonsteinplatten, die verdeutlichten, dass diese bisherige löcherige Sektorengrenze künftig unüberwindbar sein würde: Hohe, sehr dicke Mauer, ein Laufstreifen dahinter, der täglich sorgsam geharkt wurde, ein Grenzweg dahinter mit Boden- und Lichtfallen und mit Laufdrähten, an denen scharfe Schäferhunde ihre Runden drehten.

Und wegen des an jenem Sommerwochenende 1961 erst zögerlich anlaufenden West-Protestes sollten jeden Augenblick hohe Sichtblenden zur Abdeckung der Bauarbeiter angeliefert werden. In Todesangst hatten Anwohner sich aus Fenstern und von Hausdächern an der Bernauer Straße fallen lassen, wenige aufgefangen, viele in den Tod gestürzt oder von SED-Opportunisten in die Fenster zurückgerissen und dann hinter Gitter verschleppt. In diesem höllischen Tohuwabohu hatte die Welt Schumann bei seinem Sprung durch den Zufalls-Schnappschuss eines West-Fotografen zugeschaut. Und sie konnte über die Jahrzehnte hinweg nicht genug von diesem Bild bekommen – bis heute ist das Fotoposter im Berliner Museum Checkpoint Charly das meistverkaufte Souvenir einer am 9. November 1989 überwundenen Ideologie-Perversion.

Aber sie, seine Mutter, hatte ihn besser gekannt als irgendwer sonst. Mochten die NVA-Offiziere, die getarnten Stasi-Offiziere und ihre Spitzel und auch die Parteibonzen reden, was sie wollten: Elisabeth Schumann hatte darüber hinweggehört. Sie kannte den humanen, den mitmenschlichen Conrad Schumann. Der hatte am 13. August 1961 beobachtet, wie ein kleines Mädchen von der Ostberliner Oma über den Draht seinen West-Eltern zuhoben wurde. Stasileute hatten das schreiende Kind zurückgerissen und die schockierte, hilflose Oma samt ihrem Enkelkind unter Drohungen von der Sektorengrenze vertrieben. Da hatte er in der ihm eigenen Nachdenklichkeit analysiert: »Diese Teufel mauern uns auf ewige Zeiten ein!«

Ein unerträgliches Gefühl für einen gelernten Schäfer, der Menschen und Tiere liebte, der ein Individualist war und glücklich, wenn er inmitten seiner Herde über die Elbhangweiden ziehen durfte, geborgen in der Familie, aber fern den Intrigen in einer LPG-Wirtschaft, die durch das Landreformgesetz erzwungen worden war und aus freien Bauern verängstigte Bonzenuntertanen gemacht hatte. War er nicht stolz gewesen auf seinen Vater, den ein Baron von Fritsch in das kleine Dorf unweit Riesas geholt hatte, damit ihm dieser in ganz Sachsen gerühmte Schafzucht-Experte eine gesunde, einträgliche Herde aufbaue? Hatten nicht Vater und (Stief-)Mutter mit eigener Hand aus dem kleinen Schäferhaus unweit des Fritsch-Schlosses einen Hof gebaut, der Platz für die Familie, für Geräte und Vieh bot, eine Insel inmitten der Massenbewegung, die die SED und ihre (un-)heimlich Verbündeten stetig förderten, während doch in der wachsenden Angst vor Spitzeln gleichzeitig der totale Rückzug in die familiäre Anonymität begonnen hatte? Hatte nicht der Vater gleich nach dem Krieg bei der Landverteilung seinen Neubauernhof arrondiert und so erstmals in der langen Geschichte dieser Familie als freier Bauer gewirtschaftet?

Es war eine schöne Welt gewesen: Das Dorf Zschochau in einem Elbe-Seitental eine in sich abgeschlossene Welt, in denen keine großen Wünsche heranwuchsen. Wenn Conrad auf den Friedhof hinter der hangseitig über dem Dorf stehenden Kirche stieg, dann offenbarte sich ihm die Welt als leicht gewölbte Scheibe: Das Dorf, beherrscht vom zerfallenden Rittergut, die Neusiedlerhäuser rechts davon, in der nahen Ferne das Kammrund der flachen Hügellandschaft. Nicht einmal die einzige Straße aus dem Dorf hinaus war zu sehen, wenn die Äcker bewachsen, die Bäume beblättert waren; es war scheinbar kein Dorf weitum, es war eine in sich geschlossene, von diesem Standort aus geräuschlose Welt: das Dorf, ein Kontinent! Conrad Schumanns Welt. Und weil er dieses Weltbild in sich trug und hegte, hatte er, als am 15. August 1961 zahlreiche Neugierige, Westpolizisten und Journalisten seinem Abschnitt gegenüber im französischen Sektor der Viermächtestadt Berlin auftauchten, hellen Burchen verstohlen ein Zeichen gegeben. Bald darauf war ein Polizeiauto rückwärts herangefahren, die hintere Türe offen, und dann war Schumann unter dem atemlosen Schweigen zahlreicher Menschen hastig gesprungen, hatte aus dem weitausgestreckten rechten Arm die Kalaschnikow fallen lassen:

eine Sekundenbruchteilsflucht, aber keine spontane Unüberlegtheit: »Ich hatte das volle Magazin herausgenommen, ein leeres eingeschoben; ich wollte nicht riskieren, dass die auf den Boden fallende Waffe selbst auslöste und Menschen gefährdete.«

Dass der spätere menschenverachtende Schießbefehl da noch nicht existierte, erfuhren die Franzosen, die Conrad Schumann als erste vernahmen. »Wir hatten Befehl, um keinen Preis zu schießen und uns nicht provozieren zu lassen!« »Ein Sprung ins Leben und in den Tod war's«, analysierte viel später Egon Bahr, damals Sprecher des Berliner Senats und später Ostbeauftragter des Bundeskanzlers Willy Brandt. »Walter Ulbricht und seine Mittäter konnten Schumann nicht verzeihen, wie er sie weltweit blamiert hatte: Tage zuvor hatte Ulbricht beteuert, niemand denke an einen Mauerbau – nun wurde gebaut; tags vor dem Sprung hatte er wieder öffentlich erklärt, das DDR-Volk und vor allem die Uniformierten stünden hinter der Aktion: Und da sprang ausgerechnet ein junger Uniformierter in die Freiheit, einer, der das Musterbild des DDR-Bauern- und Arbeiter-Bürgers war, in der DDR-Zeit geboren, in DDR-Schulen erzogen, in die LPG-Landwirtschaft hineingewachsen. Alle DDR-Beteuerungen demokratischer Meisterschaft waren ad absurdum geführt – unverzeihlich!«

Conrad Schumann ahnte nichts von den politisch-persönlichen Verwicklungen und Folgen seines Sprunges, von dem politischen Ungewitter, dass er über die DDR-Bonzen gebracht hatte, wohl aber von der Tragik für sein persönliches Leben: »Ein verwirrter, scheuer junger Mensch saß da vor mir«, erinnert sich der Psychologe, der als erster mit dem Flüchtling sprach, »und als er ein Jahr darauf um ein neuerliches Gespräch bat, erlebte ich einen gebrochenen Menschen. Ich bat meine Vorgesetzten dringend um psychologischen Beistand für Schumann; er bekam ihn nicht!« Seine Mutter im nun für Conrad so unerreichbar fernen Sachsen hatte sich aus den wochenlangen Beschimpfungen ihres Sohnes in DDR-Medien dessen Aussagen im freien Westen zusammenreimen können. Und sie hatte instinktiv gewusst, dass er ihren Beistand gebraucht hätte.

Doch ausgerechnet in all diesen Jahren, da seine Angst ob des dramatischen und zugleich tragischen Augenblicks am 15. August 1961 stetig gewachsen war (und totz der »Wende« und des Abbaus der einst tödlichen Mauer nie endgültig wich!), ausgerechnet in diesen Jahrzehnten hatte die Mutter ihren Buben nicht sehen dürfen und war dabei selbst in immer tiefere Ängste geschlittert: Begründet und nur aus der Westperspektive scheinbar banal. Ihr war natürlich bewusst gewesen, dass die Stasi sie und ihre Familie nie mehr aus den Augen lassen würde – wer hätte es ihr verübeln dürfen, wenn sie aus dieser Alltagstragödie irgendwann den Schluss gezogen hatte, dass ihr Conrad gewissenlos gehandelt habe? Nach der »Wende« bestätigte sich, dass solche Überlegungen zwar nicht in Schumanns Familie, wohl aber bei Nachbarn, Freunden, Bekannten »drüben« eine Rolle gespielt hatten. Schumann nach der »Wende« in einem Interview: »Ich war jüngst dort, und wenn auch 80 Prozent der Leute Verständnis zeigten – jeder fünfte verhält sich bis heute abweisend.« Vielleicht war dies auch der Grund, dass Conrad Schumann bis zu seinem Tod am 20. Juni 1998 daheim im weltfernen, friedlichen Oberemmendorf seine Stasiakte nicht eingesehen hatte: Die niemals weichende Angst in den Jahrzehnten nach der Flucht hatte ihren Grund in seiner Erinnerung an Stasichef Erich Mielkes Drohung: »Wir fangen jeden Verräter, egal, wo er sich verkriecht.«

Diese Drohung war in zahlreichen Fällen realisiert worden. Ferner in der Schumann nicht verborgen gebliebenen Tatsache, dass er immer wieder beobachtet worden war, dass seine Briefe nach »drüben« und seine Pakete kontrolliert und meist nicht zugestellt wurden und es bei Telefonaten Mithörer gab oder abrupte Unterbrechungen der Verbindung. Und, dass später an den Jahrtagen seines Sprungs die Pressekonferenzen der Berliner »Arbeitsgemeinschaft 13. August« mit Conrad Schumann als Stargast oder bei dessen Treffen mit US-Präsident Ronald Reagan an der Mauer Stasi-Augen zuschauten. Er sah die Unsichtbaren, er spürte ihre Nähe, er erkannte sie an untrüglichen Anzeichen ihres demonstrativen Desinteresses, das blanker Hohn war und schiere Drohung. Er wusste nicht und war doch sicher, was die Akte enthüllte: Dass befohlen war, ihn unverzüglich in die DDR zurückzuholen, dass sein Freundes- und Bekanntenkreis, die Verwandten sowieso, terrorisiert wurden. Dass Karrieren von Vorgesetzten und Kameraden endeten, dass noch 1987 der Haftbefehl gegen ihn erneuert wurde, dass ausgesuchte Agenten seine Lebensumstände aus dem Effeff recherchiert hatten und bei solchen West-Schnüffeldienstreisen seine latente Angst steigerten, indem sie sich nur so zeigten, dass Conrad Schumann sie unweigerlich erkennen musste. Selbst seine West-Familie hatte ihm die fortdauernde Bedrohung nicht immer glauben wollen, ihn für einen möglicherweise paranoiden Menschen gehalten. Und doch war es genau so gewesen, wie Conrad Schumann es immer wieder berichtet hatte: »SIE waren wieder da!« Und als nach der »Wende« DDR-Demonstranten diese jedem DDR-Bürger sichtbaren Unsichtbaren ans Licht gezerrt hatten, da musste der niemals opportunistische Conrad Schumann, den sein Sprung und seine häufige Medienpräsenz nicht reich gemacht hatten, alsbald in ohnmächtiger moralischer Entrüstung zur Kenntnis nehmen, dass die einst so viel Angst verbreitenden Lichtscheuen nach kurzem Abtauchen und einiger Unentschiedenheit des Umgangs mit ihnen und mit ihren Verbrechen trotzdem auf der Gewinnerseite standen und viele ihre geschönten Erinnerungen gewinnträchtig vermarkteten. Sie verdienten Millionen, besetzten die wenigen Spitzenarbeitsplätze und sicherten sich ein Einkommen, das weitaus höher war als jenes des braven Weinhandelsmitarbeiters, Krankenpflegers und späteren AUDI-Fertigers in Ingolstadt, der es sich mit harter, ehrlicher Arbeit in einem langem Berufsleben erwirtschaftete und ganz am Ende auch daran verzweifelte, dass er sich in die Computer-gestützte Fertigung einarbeiten sollte. »Ich glaub', ich schaff's nicht«, klagte er nächtens seiner Frau, als ihm das Computerlehrbuch aus den müden Händen glitt.

Dennoch blieb er optimistisch: »Reich hat mich mein Sprung nicht gemacht«, sagte Schumann in einer Gottschalk-Sendung, »aber glücklich schon!« Spätestens, als Conrad Schumann bald nach seinem Sprung zum Krankenpfleger umschulte, sieben Jahre in einer schwäbischen Psychiatrie arbeitete, seine Scheu vor engen Räumlichkeiten durch sein Mitleid mit den Kranken überwand, dann aber dort von aggressiven Kranken zusammengeschlagen wurde, spätestens da hätten seine fachkundigen Chefs merken müssen: Der Ex-DDR-Soldat benötigt Psychologenhilfe, zumal seine Angst ja keine unbegründete Psychose war, sondern im Wissen verankert, das »gelernte« DDR-Bürger über das Menschen verachtende System intus hatten. Es war sein Glück, dass er in der Bayerin aus dem Juraweiler über dem Altmühltal eine Frau fand, die ihn auffing, sein handeln bewunderte und ihn respektierte, mit ihm lachte und weinte. Und die, als wenigstens das endlich möglich wurde, ohne irgendwelche Bedenken Pakete für die Angehörigen »drüben« packte und Conrads Vater in die Familie aufnahm, als der im Rentenalter reisen durfte. Als sie vom Schwager dessen Haus in Oberemmendorf gleich neben der Kapelle erbten, gegenüber dem Elternhaus der Gunda Schumann, da wurde der Sachse und erste Evangelische wie selbstverständlich in die Gemeinschaft aufgenommen, und Schumann, der Introvertierte, wagte es, von Haus zu Haus seine Geschichte zu erzählen und über seine Ängste zu sprechen. Wie ein Mann standen seine Nachbarn seither zu ihm; niemand plauderte, wenn Fremde fragten. Und so verwurzelt war Schumann schließlich in die Gemeinschaft, dass er, ein Packl Autogrammkarten in der Jackentasche, schafkopfend mit Freunden am Stammtisch saß und, wenn Bekannte mit »dem Mann, der als erster über die Mauer hüpfte« renommierten, wie beiläufig solch eine Autogrammkarte ausreichte: Er wusste genau, dass er hier im Kreis von Freunden sicher war.

Elisabeth Schumann, die (Stief-)Mutter hatte solche Gewissheiten nicht. War es denn gewiss, hat sie sich in den Jahrzehnten nach dem Sprung oft gefragt, »dass mein Conrad irgendwo fern in Bayern in seinem dörflichen Versteck begriff, dass die Stasi unsere brieflichen Aufforderungen zur Heimkehr nach Sachsen diktierte? Dass er deren Angebot weitgehender Milde instinktiv als Falle erkannte? Unseren Schock mitfühlte, als diese »Milde« so erläutert wurde: ›Mehr als zwölf Jahre muss er nicht fürchten!‹ War es denn sicher, dass der mittlerweile verheiratete Sohn und Vater des Enkels Erwin die von der Stasi ausgelegten Fallen erkannte, wenn sie mal und mal schreiben musste: »Reise doch her zu uns, es passiert Dir ja nichts«? Die weißen Haare der alten Frau kontrastieren mit dem schwarzen Trauerkleid. Wenn sie geht, wirkt sie leicht gebeugt, aber durchaus nicht gebrochen. Sie hat das unveränderlich schöne Altersgesicht mütterlicher Frauen, die vor Jahrzehnten noch Märchen erzählten und die eigenes Leid lächelnd überwinden. Sah sie ihre damals noch schöne Heimat, die den Zweiten Weltkrieg einigermaßen zerstörungsfrei überstanden hatte und erst unter dem SED-Regime ruiniert worden war? Verglich sie, was sich ihren Augen aus dem Wohnzimmerfenster des Hauses ihres Conrads heraus darbot, mit den Bildern ihrer eigenen Erinnerung und jenen, die die SED-Propaganda im »Schwarzen Kanal« noch dargeboten hatte, als längst von ihren Westreisen heimkehrende Rentner die Verlogenheit erkannt hatten: Dass Menschen wie ihr Conrad in Westdeutschland rechtlos und verarmt demnächst hoffnungslos am Ende seien, weil der Kapitalismus zusammenbreche und der Kommunismus obsiege? Oder war Elisabeth Schumann nun ganz in sich hinein getaucht?

Schade, dass keiner von Conrad Schumanns Verwandten und Freunden seine Mutter so je gesehen hatte. Vielleicht hätten sie entdeckt, wie ähnlich Mutter und Sohn sich waren und wieviel Halt sie, die kein Leid mehr bricht, ihm hätte geben können in den Jahren schierer Angst. Ihre Gedanken liefen sehr weit zurück: nach Leutewitz, Zschochau und Oschatz zwischen Riesa und Dresden in eine Landschaft, die jener der Jurahöhen nahekommt, in die Zeit, da Conrad Schäfer war und, weil's ihn freute, zum Fachmann avancierte, auf dessen Rat sogar kritische Alte hörten. Als er eingezogen wurde, hatte er die Chancen für sein Fortkommen im DDR-Staat durchaus erkannt; er war rasch Wachtmeister – vielleicht gerade wegen seiner zurückhaltenden Nachdenklichkeit auf dem Weg nach oben. Conrad Schumann als Paradebeispiel eines Modellmenschen des Arbeiter- und Bauernstaates hätte Karriere machen können. Im Westen tat er sich schwerer: Arbeiterakademien gab es da nicht, und die Schichtarbeit erschwerte das totale Aufgehen in der dörflichen Gemeinschaft. Wer zur Unzeit arbeiten muss, hat in Vereinen wenig Ansprache. Sohn Erwin heiratete, zwei Enkel belebten das Haus auf der entlegenen Höhe, und so sehr das familiäre Glück Conrad beflügelt hatte: seine Gedanken kreisten enger denn je um die Angst vor den Folgen seines Sprungs.

Die »Wende«. Mit Herzklopfen reiste Conrad Schumann nach Berlin. Der Mann, der so viel Aufsehen erregt hatte und dessen Bild weltweit zu sehen ist, blieb in der Euphorie der Medienleute nüchtern: Als er an der einst tödlichen, von »Mauespechten« schon weitgehend entfernten Mauer am selben Platz wie damals noch einmal sprang, knurrte er: »Jetzt hat's mein Kreuz gestaucht!« Sein Freund, der Fotograf von damals, Peter Leibing: »Conrad war halt kein Mensch fürs Pathos!« Sein Vater war gestorben, die Mutter kam nach Oberemmendorf, die Geschwister besuchten ihn, und nun wagte endlich auch Conrad auf Drängen seiner Gunda die Sachsenfahrt. »Als wir aus der schmalen Hauptstraße in jene einbogen, die sich in drei Schwüngen leicht geneigt ins Taldorf schwingt, hielt er an einem bestimmten Platz an, von dem aus sich ein schöner Überblick bot: Dorf, Elternhaus, Rittergut, Kirche, Friedhof: ›Herrlich‹, murmelte er; auch bei zwei weiteren Reisen hat er genau dort angehalten und sich an dem schönen Blick erfreut; es schien, dass da alle Nöte der Jahrzehnte seither von ihm abfielen – für einen kurzen Augenblick«, erinnert sich Gunda. Der Mutter musste sie dies nicht erzählen, die kannte Conrads Vorliebe für diesen Standort seit seinen Kinderjahren. War er rundherum glücklich, endlich aller Lasten ledig, endlich befreit von den Ängsten vor allgegenwärtigen Spitzeln? »Ich schäme mich, dass ich all die Jahre hindurch als Kollege ihm sehr nahe war und doch nicht merkte, dass er sich innerlich immer weiter von uns allen entfernte«, sagt ein Arbeitskollege, andere deuten an, dass es viele Gründe zusätzlich zu den politischen gegeben habe, dass Conrad Schumann immer tiefer in sich selbst hinein tauchte.

Doch selbst den engsten Freunden blieb Conrad Schumanns »Tunnelblick« verborgen, eine innere Not, die Experten der US-Mayoklinik schon vor Jahrzehnten bei Suizid-Forchungen entdeckt hatten und die fast unweigerlich zum Selbstmord führt. Conrad Schumann war glücklich, scheinbar mit sich im reinen: 56 Jahre alt, plante er die bei AKD angebotene Altersteilzeit. Es gab keinen Ehestreit, sondern eine glückliche Familie, die an jenem Samstagabend vor dem schönen Haus in Oberemmendorf die letzten wärmenden Strahlen der untergehenden Sonne genoss. Und als alle anderen ins Haus gingen, da war bei Conrad Schumann der mutmaßlich seit Jahren gehegte Gedanke zum Entschluss geworden. »Ich komme nach«, beschied er seine Frau, und Conrad Schumann ging aus diesem Leben, wurde im Familiengrab unweit der uralten mächtigen Wehrmauer des katholischen Friedhofes zu Irfersdorf begraben.

Eine Mauer – sein Schicksal! Eine zweite – sein Schutz nach dem Tod! Und eine Mutter, die auf unerklärliche Weise in wundersamer Zwiesprache mit ihrem toten Sohn ihren inneren Frieden gefunden hat.

INHALT